teo e os olhos de Leordo

Alexandre Monsores

teo e os olhos de Leordo

São Paulo 2011

Copyright © 2011 by Alexandre Monsores

PRODUÇÃO EDITORIAL   Equipe Ágape
DIAGRAMAÇÃO   Francieli Kades
CAPA   Adriano de Souza
REVISÃO DE TEXTO   João e Edna Guimarães

Texto de acordo com as normas do Novo Acordo Ortográfico da Língua Portuguesa (Decreto Legislativo n° 54, de 1995)

Dados Internacionais de Catalogação na Publicação (CIP)
(Câmara Brasileira do Livro, SP, Brasil)

Monsores, Alexandre
  Teo e os olhos de Leordo / Alexandre Monsores.
-- São Paulo: Ágape, 2011.

1. Histórias religiosas – Literatura I. Título

11-11591   CDD-808.80382

Índices para catálogo sistemático:
1. Histórias religiosas: Literatura   808.80382

2011
Publicado com autorização. Nenhuma parte desta publicação pode ser reproduzida sem a devida autorização da Editora.
EDITORA ÁGAPE
Al. Araguaia, 2190 - 11º andar – Conj. 1112
CEP 06455-000 - Barueri - SP
Tel. (11) 3699-7107 Fax. (11) 2321-5099
www.editoraagape.com.br

"Um bom mestre é medido pela capacidade de
gerar futuros mestres"
(Alex Monsores)

Agradecimentos

Adorado seja o Senhor nosso Deus!

Jesus – O Nome sobre todos os nomes. Espírito Santo que inspira e ilumina.

Obrigado "filha" (Andrea – minha esposa e adorável cúmplice) pela paciência e compreensão ao me deixar horas em frente ao notebook escrevendo, lendo, reescrevendo e relendo *Teo*, sonhando este sonho comigo em meio às tribulações.

> *"Clama a mim, e responder-te-ei, e anunciar-te-ei coisas grandes e ocultas, que não sabes."*
> (Jeremias 33: 3)

Deus abençoe Mamãe Ayara. Felipe, Marco e André, meus irmãos que amo. Marcelo Bustamante e Gislayne Porto pela insistência.

Aos amigos que opinaram, torceram e oraram.

> *"... Tudo é possível ao que crê."*
> (Marcos 9:23)

Agradecimentos especiais a Almir Cândido pelas fotos de borboletas, verdadeiras obras de arte.

Um olho preciso para capturar criações de Deus.

Obrigado aos meus líderes: *Pastor Oziel Nascimento* pelas lágrimas, risos e pelo profundo amor às ovelhas.

Pr. Davi Marinho pela eloquência, modelo e confiança e *Pr. Mateus Arruda Pompeu* pelo exemplo e amizade (tem um tal de Pão te procurando...).

Além, é claro, *Pastor Ezequias Hastenreiter*, "paizão" de todas as horas.

Pr. Wilton Elias, seja bem vindo à família.

A vocês eu deixo:

Pois os lábios do sacerdote devem guardar o conhecimento, e da sua boca devem os homens procurar a instrução, porque ele é o mensageiro do Senhor dos exércitos.

(Malaquias 2:7)

Sumário

Apresentação 11
Prefácio 13
A esperança dourada 15
Uma manhã qualquer 23
A trama do mal se inicia 33
Centro Educacional São Silvestre 41
Madrugada tensa 47
Um insistente convite 53
A reação dos filhos de Únitri 61
Rumo a Mauá 67
A marcha inimiga 77
Um misterioso lepidóptero 83
O desabafo de Gideão 95
O segredo de Tina / Ser jovem de novo 99
Uma análise da profecia / Uma vila encantadora 113
A marcha inimiga prossegue 129
A busca no quintal 141
O enviado se apresenta 149
Ruffians na Terra do Contra 165
A grande escolha / Rumo ao Castelo de Leordo 173
Helena se reencontra 193

Lâmpada para os meus pés, Luz para o meu caminho 203
A chegada ao Castelo / A grande batalha 211
Onde está Totum? 253
O retorno triunfante 257
Teo volta pra casa 263
Não é uma manhã qualquer 277
Nin volta ao normal 283
O refúgio de Totum 287

Apresentação

Temos em nossas mãos uma fantástica ferramenta, resultante de anos de dedicação de Alexandre Monsores, abnegado poeta que com a humildade que lhe é peculiar, admite o dom da escrita dado por Deus. Essa obra servirá para aguçar a imaginação dos leitores criteriosos como você, que gosta de ir mais além da maioria e não é chegado a conclusões simplistas e entendem que quando somos levados a pensar, chegamos mais longe. É assim que vejo Teo e os olhos de Leordo: linguagem simples e, ao mesmo tempo, que exige uma leitura criteriosa para melhor extrair a qualidade da mensagem contida em cada momento.

Oziel Galdino do Nascimento
Pastor Presidente da Assembleia de Deus em Queimados
(ADEQ)

Prefácio

Gosto muito de viajar.

As viagens sempre me proporcionam grandes oportunidades para aprender. Aprendo a compreender as pessoas, a ver que o mundo é muito diversificado. Ao viajar, me sinto sentado numa janela para ver um mundo cheio de novidades.

Teo e os olhos de Leordo nos convida a uma viagem fascinante. Os personagens que encontramos no decorrer da história nos cativam. Alguns com sua simpatia, outros com sua determinação, há aqueles que nos impressionam com sua valentia e ao mesmo tempo sensibilidade. Não há possibilidade de ler este livro e no final da leitura não sentir saudades de Helena, Tina, Guiot, Ayra, Baruch, Gideão... Teo.

Alexandre Monsores nos convida a pensar através desta alegoria maravilhosa, onde um mundo paralelo ao nosso é mostrado como um retrato da vida real. Nossos conflitos diários, medos, derrotas e vitórias são mostrados no decorrer dos acontecimentos ocorridos "além do ipê".

O personagem mais importante é o próprio Deus. Ele está em todos os capítulos. Como no livro de Ester, seu nome não aparece o tempo todo, mas podemos ver a sua atuação. Ao ler esta história, percebi de imediato sua atuação já na inspiração desta obra. Aliás, não existe viagem mais fantástica do que a viagem com Deus.

A aventura vivida por Teo no mundo dos Nins, é comparada com aquilo que Deus nos propõe na vida cristã. Teo ultrapassou a barreira de uma árvore e viveu algo nunca experimentado antes. Somos convidados a ultrapassar a barreira do comum para vivermos todas as aventuras que Deus quer nos conduzir. Teo foi vitorioso com a ajuda do Todo Poderoso e nós podemos seguir seu exemplo aceitando esse convite e dependendo da sua ajuda.

Fui convidado a fazer esta viagem e gostei. Todos somos convidados. Pude ver em cada página uma janela agradável que nos mostra o mundo de Teo e os olhos de Leordo, o mundo governado por Deus que apesar das batalhas, sempre contribui para o crescimento dos personagens.

Então vamos viajar em *Teo e o Olhos de Leordo!*

Pastor David Marinho.

A esperança dourada

tithorea

Essa é uma das minhas preferidas

A NOITE ESTÁ PARA cair na floresta de Anthos.

Gigantescas araucárias saem do solo acidentado, onde lesmas e alguns insetos repugnantes se escondem por debaixo da densa neblina e do grosso e úmido tapete de folhas mortas.

Anthos é conhecida como a floresta proibida para os *pequeninos*. Diz a lenda, que mais de mil *crianças* se perderam por entre suas trilhas em busca do brinquedo perdido de Leordo, um jovem herói da antiga história Nin. Essas crianças nunca mais retornaram para as suas famílias. Foram devoradas por Dendron, a árvore-mãe, a mais antiga árvore da floresta. A primeira a ser regada por Únitri, o Deus supremo da cultura Nin.

A temida floresta divide as terras dos Nins e do povo Ruffian, guerreiros por natureza e inimigos do "jovem povo", como os Nins são conhecidos. Algumas batalhas foram travadas na *Planície das Rochas que Choram*, território mais a oeste de Anthos, de propriedade dos Nins, local onde brotam centenas de nascentes com água cristalina. Os Ruffians acreditam que toda a água do reino Nin tem poder de rejuvenescimento, como se não bastassem as suas fontes térmicas. Por isso, dizem que o *jovem povo* não envelhece nunca, ou pelo menos, ninguém morrera de velhice, motivo pelo qual os Ruffians lutam pela ocupação de suas terras.

Há um suspense no ar. Pela hora, somente os morcegos e corujas se arriscam a emitir algum ruído. O silêncio é quase absoluto, se não por pequenos e ligeiros passos apavorados rasgando as plantas rasteiras e atravessando paredes invisíveis de teias de aranhas da sombria floresta.

Quatro jovens e um bebê atravessam a escuridão da terra proibida em direção à árvore-mãe.

— Mas, Gideão, não seremos devorados pela grande árvore? — diz a linda menina com seu longo vestido branco usando tiara e cinto dourados com olhar atento a cada sombra que se movia com o vento que os acompanhava, dando mais terror ao cenário.

— Não se preocupe, Princesa — diz um dos meninos com vestes militares, tomando em punho seu estilingue de prata. — Cuidaremos de Vossa Alteza e das senhoras. Nada há que temer, nem mesmo a árvore-mãe. Que venha aquela devoradora!

Selena, a Conselheira, carrega um menino em seus braços, com aparência de ter dois a três anos, no máximo. Ele não chorava, apesar da correria e da escuridão. Seu olhar era sério, compenetrado até.

— Estamos próximos — informa o bebê.

Um *grunhido* alto e grave ecoa não muito distante dali. Parece um dos seus inimigos rastreando aqueles pequenos passos, avisando que não adiantaria correr.

— Rápido. Estão atrás de nós! — O mais velho soldado ergue sua lanterna feita do galho de *Ash*, madeira colhida na sagrada Floresta Iluminada, ficando de guarda um pouco mais distante dos outros, que param de repente de correr.

A Floresta Iluminada fica antes da Ponte Flutuante, sobre o Abismo Eterno, que separa a magnífica floresta e a Terra do Contra. Os galhos e gravetos da madeira da árvore *Ash*, a única que há na Floresta Iluminada, são colhidos a cada três meses, e servem como pequenas lanternas, luminárias, e os galhos maiores para iluminar as vias, praças e os quatro gigantescos faróis que ficam em torno da cidade. As folhas são usadas nas fogueiras e lareiras. Quando acesas, as chamas são de coloração branca, e o melhor, não exalam fumaça, acabando com aquele velho ditado: "Onde há fumaça, há fogo."

    Gideão carrega uma grande gaiola coberta por um veludo vermelho e, perplexo, olha à sua frente um gigantesco ipê.

    Dendron, a árvore-mãe, mede uns setenta metros de altura por uma circunferência que nem trinta homens poderiam abraçá-la. Suas raízes saem do chão, formando um muro de quatro metros de altura, quase intransponível. É difícil calcular a idade daquele ipê, mesmo sabendo que não existem ipês com esse tamanho. Suas rugas são profundas como a erosão causada pela chuva. Uma fenda rasga seu tronco bem no centro, e com o vento que sopra e entra na sinuosa abertura, provoca um ruído tal como um canto que hipnotiza os espectadores.

    Após colocar a bela gaiola sobre uma pedra, o corajoso capitão se aproxima com sua ingênua arma nas trêmulas mãos.

    – A árvore-mãe nos chama para dentro dela. – Com seus olhos aterrorizados e fixos naquela boca de cinco metros de altura, lembrou da lenda das mil crianças e não conseguia recuar. Até que seu amigo ao longe gritou:

    – Gideão! Acorde!

    A pequena Conselheira põe no chão a delicada criança, e com um forte e rápido puxar na sua farda tira de perigo o quase sonâmbulo oficial.

    – Então, é verdade... – diz ele atordoado ainda com a queda.

    – Não seja tolo, Capitão! – adverte o Sacerdote. – A corrente de ar é muito forte próximo à fenda. E o som que produz é a reverberação dentro da casca da árvore.

    O militar levanta, e balançando a cabeça, se repõe. Sabe que seu dever é proteger aquele frágil grupo.

    – Rápido. Abra a gaiola. – O pequeno menino parecia estar dirigindo todos os movimentos do grupo.

— Mas senhor, é o certo a fazer? — A linda menina com tiara dourada pergunta baixinho em seus ouvidos para não transparecer suas dúvidas e insegurança aos outros.

— Princesa, está tudo escrito no Livro Sagrado! — responde com um sussurro. — Esse é o momento. Muitas batalhas foram traçadas. Muitas vidas foram perdidas de ambos os lados. — E se dirige aos demais: — E somente o *Enviado*, vindo para acordar Leordo, daria fim a essa terrível guerra. Não percamos mais tempo! Além disso, Princesa, sua mãe precisa descansar em paz, o *momento* dela está chegando ao fim. Ela aguarda pela vitória de seu povo mais que ninguém.

Os olhos da doce princesa transbordam de lágrimas ao lembrar a imagem de sua mãe. Hyla, a Rainha, já está com a idade bem avançada, e todo o povo espera por sua morte, indo morar no *Lar* de Únitri, como reza a *religião* local.

A menina retira o tecido vermelho que envolve a gaiola, e nela está uma borboleta dourada, grande e bela, que ao bater das asas saem pequenas faíscas como relâmpagos em miniatura. Ela abre a delicada portinhola e a bela borboleta sai ao encontro da árvore e sua abertura. Seu voo desengonçado é seguido pelos olhares de todos, inclusive da criatura por trás dos arbustos, à espreita como um silencioso espião.

Há pouco mais de duzentos anos os Nins e Ruffians lutam pela ocupação da Planície das Rochas que Choram, que além de suas fontes é o local onde o *jovem* povo deposita seus entes queridos, logo após o momento em que se tornam estátuas de pedra quando vêm a morrer, enquanto os Ruffians buscam o poder de longevidade nas fontes da sobrenatural planície.

Na primeira grande batalha, os Nins foram vitoriosos. Durante quarenta dias e quarenta noites centenas deles, armados com cordas, pedaços de pau e com seus estilingues e suas sacolas com pedras em punho, defenderam suas propriedades.

O exército Ruffian, três vezes maior que seus adversários, não tinha sido páreo para a estratégia de guerra dos pequenos soldados. A história diz que todo o exército Nin fora treinado por um forasteiro, um jovem chamado Leordo, de uma terra distante e desconhecida. Uns diziam que saiu de dentro da árvore-mãe, outros que viera do Norte, da Terra do Contra.

Além de um profundo intelecto técnico e científico, quando usava a sua armadura, acreditava-se que Leordo possuía poderes que davam àquele corpo de baixa estatura uma força comparada a dez Ruffians. Não usava armas convencionais como os estilingues de prata do exército Nin, ou as *bestas* dos seus inimigos. Simplesmente usou um pião como *funda*, tal qual Davi contra Golias na nossa conhecida história bíblica.

Antes do desaparecimento do menino guerreiro Leordo, os Nins receberam de sua mão um manual completo e construíram uma grande estátua de aço com sua imagem, e a guardaram num castelo de pedra na Terra do Contra. A localização exata do castelo de Leordo é um segredo muito bem preservado . Para se ter ideia, um escriba vendado foi designado para a confecção do primeiro mapa que indicava a direção exata ao castelo. A cada cinquenta anos o mapa é alterado com novas dicas, e novamente é ditado a um escriba com os olhos vendados especialmente para a sua confecção. E os mapas anteriores são secretamente arquivados.

Ninguém sabe ao certo o que houve com Leordo na manhã seguinte à construção da sua estátua. Aqueles que acreditam que saíra da árvore-mãe também acreditavam que voltara ao seu mundo por ela. Mas ninguém se arriscaria a ir procurá-lo.

Aquela sombra por trás dos arbustos sai em direção oposta ao do grupo de jovens.

— Já podemos ir! — Yãmin, o sentinela, grita a distância. — Ele foi embora, mas outros poderão vir. Vamos!

Alucinados com o despedir daquela estranha borboleta que entra na imensa fenda tornando apenas visíveis os reflexos dos minirrelâmpagos dentro da casca e que finalmente desaparecem, as crianças correm de volta para a trilha sem levar a gaiola dourada, deixando-a propositadamente à frente da fenda.

Eles vão *na* esperança de que seja cumprida a profecia. E que a grande estátua de Leordo possa lutar contra o grande guerreiro Ruffian.

Mas seus inimigos não deixariam por menos...

Uma manhã qualquer

Aeria olena

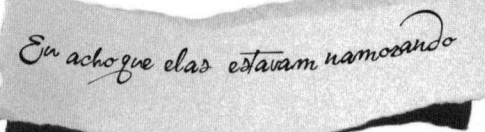

Eu acho que elas estavam namorando

Bip! Bip! Bip!!!...

O despertador toca com sua aguda e incômoda campainha digital.

– Acorda, Teo! Lava o rosto e vem tomar café! – diz a voz que vinha do andar de baixo.

Alguém bate à porta e chama. – Levanta, pirralho! Mamãe já falou!

Finalmente, uma pequena mão sai de debaixo do edredom e silencia o despertador.

– Só mais cinco minutinhos... – sai uma voz preguiçosa daquele amontoado de cobertas.

– Theodoro! Você vai se atrasar, menino – exclama Dona Helena, mais uma vez ao pé da escada.

– Agora me deixaram nervoso. Caraca, que modo de começar o dia! Ela sabe que eu odeio quando me chamam assim. Theodoro, mas que nominho...

Aquele quarto era realmente diferente dos quartos dos outros meninos de sua idade. No lugar de pôsteres de bandas de rock ou bandeiras de times de futebol, estavam pendurados quadros com dezenas de borboletas. Em vez de aviões presos ao teto, gigantes borboletas de papel balançavam sobre sua cama.

Seu edredom: borboletas; travesseiros: borboletas. Pôsteres de borboletas... E na mesa, entre o porta-caneta e o microscópio, seu último trabalho, ainda inacabado na noite anterior, seu raro álbum de fotos dos mais inusitados e diferentes lepidópteros do mundo inteiro.

— Tá bom, mãe. Já tô descendo! – responde Teo ainda bocejando e colocando seus óculos de grau um e meio.

Teo tem dez anos e já está cursando o quinto ano. Não é o primeiro lugar da turma, mas não deixa de ser um dos melhores alunos. Tímido, faz questão de não se misturar muito com seus colegas de sala. Não somente por sua fixação em colecionar borboletas, ou melhor, lepidópteros, como costuma dizer, ou usar óculos com armação antiquada, mas por ser o mais baixo de todos e ser bem magricela.

Um dos motivos de Teo ser tão introspectivo é por ser o único da turma, se não do colégio inteiro, a usar rodinhas laterais em sua bicicleta. Só ele sabe a razão. Nunca escapa das piadinhas em todo o Centro Educacional São Silvestre, ainda mais sabendo que certos alunos já chegam montados diariamente em suas *Scooters*.

Mesmo assim, Teo sabe que apenas duas pessoas dali não zombam de suas manias ou do seu jeito de ser: Jaca, seu melhor amigo, e Belinha, sua tão distante paixão.

José Augusto Carvalho Alves, o "Jaca". Sujeito atarracado e, assim como Teo, é um exímio colecionador, a diferença é que ele coleciona libélulas, somente pelo fato de elas serem predadoras em potencial, bem diferente das delicadas e dóceis borboletas. Odiava o nome de batismo e sempre dizia: – *Não sei onde nossos pais estavam com a cabeça quando botaram esses nomes na gente!* – Cabelo sempre perfeitamente penteado para a esquerda, meias até o joelho e mochila sempre pesada no peito, em vez de ser nas costas, esse era o estereótipo do número um da turma.

Isabela Mendonça Albuquerque. – *Nome de princesa* – dizia Teo, que suspirava fundo cada vez que cruzavam seus olhares. Menina loura e lábios sempre vermelhos, como se fossem naturalmente pintados. Cabelos cacheados e cílios grandes, que ajudavam a valorizar o azul de seus olhos.

Café com leite na mesa ainda quente. Pão francês com queijo amassado na frigideira e meia maçã. O desjejum preferido de Teo.

— A previsão do tempo não está muito favorável, está para chover no final de semana — diz dona Helena, folheando o jornal daquela manhã de sexta-feira. — Onde se meteu a sua irmã?

— Adivinha... — responde Teo com sorriso sarcástico, pois sabe que sua mãe iria advertir sobre o uso abusivo do telefone, ainda mais já naquela hora.

— Albertina! Venha já tomar seu café. Se vocês se atrasarem, como castigo não iremos a Mauá, e seus avós ficarão muito tristes com vocês.

— Até parece que eu queria ir mesmo... — reclama Tina, cobrindo o microfone do aparelho que fica no corredor que une a cozinha à sala.

Teo lamenta ainda com a boca cheia.

— Ah, mãe! Eu preciso ir à casa do vovô. Eu tenho certeza que existem espécimes por lá que ainda não capturei...

— Vamos, Tina. Desligue o telefone!

— Tchau, Bia. Até daqui a pouco. Aquela chata já tá fazendo escândalo. Depois te conto como foi o encontro...

— Tina, quantas vezes já lhe falei como está alta nossa conta de telefone? Assim não dá, minha filha. Tô sozinha nessa casa para fazer de tudo: Eu trabalho fora, lavo, passo, faço comida e as compras. Você tá bem grandinha e já pode ter certas responsabilidades...

— *Blablablá*... Tá bom, mãe. Segunda sem falta eu vou à padaria pra preencher aquela vaga de balconista. Assim você deixa de me encher o saco... *Pô*. Só porque eu tava um pouquinho no telefone já é motivo pra dar lição de vida!

— Olha como você fala, menina! — intervém a matriarca mais uma vez, pegando o guardanapo e esfregando na boca de Tina para tirar a grossa camada de batom cor café. – Eu sei que você odeia a ideia de trabalhar na padaria, mas Dona Maria foi muito legal em lhe convidar para trabalhar lá. Afinal, é só meio expediente e não vai atrapalhar seus estudos.

– Tudo bem. O mínimo que vai acontecer é a galera do colégio inteirinho parar pra me zoar: *"E aí, padeira?"* ou *"Me vê dez pão e trezentas de mortandela!"*

– Fala, padeira!

– Cala a boca, Theodoro! Tá vendo mãe... até o Teo!

– Não é nada demais. Afinal de contas, você vai trabalhar honestamente e não há de ter vergonha nisso. Eles é que são uns palhaços. Se eles são *filhinhos de papai* e completos vagabundos, o problema é deles!

Dona Helena sabe que a adolescência é assim mesmo. E como se não bastasse, Tina ainda sente muito a perda do pai há apenas um ano.

O som do telefone coincidiu com o barulho de sirenes dos carros passando acelerados na sua rua. A poucos metros dali, logo no primeiro cruzamento, um terrível acidente de carro tirou a vida de um pai de família. Todo dia Humberto deixava o carro a álcool ligado enquanto tomava café, só para esquentar o motor. Mas naquela manhã de segunda-feira, isso não foi possível, estava muito atrasado para o trabalho em sua corretora de imóveis.

– Já vou indo, meu amor. Agora cedo eu tenho um cliente importante e não posso deixá-lo me esperando. – Com o carro ainda frio, Humberto sai devagar dando uns trancos naquele Monza 90, que já tava na hora de trocar.

Helena fecha a porta e prepara o café dos filhos ainda adormecidos. Toda a sua rotina estaria apenas começando, se não fosse por uns meninos, que vinham da balada de domingo completamente alcoolizados e que resolveram passar por um sinal vermelho. E atravessando devagar aquele cruzamento estava um Monza 90, com um homem que não pode fazer nada para desviar do carro vindo em sua direção em alta velocidade.

A campainha da porta toca, acordando Helena de seus profundos pensamentos. Era Bia pegando Tina para irem juntas ao colégio.

— Senta e toma café, Beatriz. — Levanta Helena, cedendo o lugar para a jovem.

— Obrigada, dona Helena. Já tomei café em casa. Vamos andando, Tina. Quero que você me conte tudo sobre o...

— *Ram ram*... Mãe, já vou! Tchau, pirralho. Te vejo no colégio.

— Tchau, meninas. E Tina, quando a aula acabar, vem direto pra casa, hein!

Minutos depois, enquanto sua mãe tira o carro, Teo se dirige ao fundo da garagem para pegar sua bicicleta.

— Hoje é o dia... Hoje é o dia! — Aquela animação era apenas superficial. Será que finalmente ele iria tirar as rodinhas laterais de seu *veículo*?

Teo pega a chave de rodas na caixa de ferramentas. Conta os passos até sua indomável bicicleta. Imagina-a como um *puro-sangue* selvagem amarrado e dando coices no ar, relinchando e olhando dentro dos olhos daquele menino indefeso.

— É hoje... Tem de ser hoje!

Teo entrava mais uma vez em conflito, isto era comum todos os dias.

— Mas os meninos, o colégio... Belinha... E se eu cair na frente deles? Eu não vou conseguir...

Pobre menino. Não admitia falhar perante seus "amigos" de escola.

— Papai! — As terríveis lembranças do acidente vinham à sua mente.

— Meu pai, eu tenho de ir bem devagar. Não posso correr!

Nesse momento, para em frente a sua casa uma menina em outra bicicleta. Com sardas no nariz e seu aparelho dental à mostra, ela pergunta:

— Eu sabia que você ia conseguir! Finalmente, você vai tirar as rodinhas.

E dando um salto, Teo responde.

— Binha! Você taí há muito tempo?

— Não, querido Theodoro. Acabei de chegar. E estou muito feliz em lhe ver aí, com a chave na mão, pronto pra tirar as rodinhas da sua bicicleta.

— Be-bem, Binha — gagueja Teo, escondendo a chave de bicicleta nas costas. — É que... bem, acho melhor deixar pra semana que vem. E também o parafuso está muito apertado e vou precisar de ajuda. Teo joga a chave dentro da caixa de ferramentas.

— Pronto! Semana que vem. Sem falta!

— É... sei... Espero que sim. E torço por você. Mas, e aí? Vamos juntos de novo?

Constrangido por ter de negar pela terceira vez só naquela semana, Teo, com sorriso *amarelo* responde.

— Hoje não vai dar, Binha, eu vou andando mesmo.

— Então, se você quiser, eu deixo a minha bicicleta em casa. Caminhar faz bem — insiste sua vizinha.

— Não, não... esqueci. A minha mãe vai me levar...

— Então, quem sabe ela pode me dar uma carona...

— Sabe o que é, Binha — interrompe Teo. — Tá me dando uma tremenda dor de barriga! Pode ir na frente que te encontro no colégio.

— Tá bom assim. Vejo você lá!

E assim sai a cabisbaixa menina.

— Alexandre Monsores —

Débora nasceu no mesmo dia que Teo, inclusive no mesmo hospital. Toda vez que Teo aparece no quintal atrás da casa, ela dá um jeito de aparecer com sua carinha engraçada só para puxar um assunto com seu príncipe encantado.

Ela acha que Teo faz parte do seu destino, e que o futuro lhe reserva surpresas... juntos, é claro.

O interessante é que Theodoro gosta de estar perto de sua amiga Binha, pelo menos sozinhos. Ela adora a marca de nascença que Teo tem na mão esquerda parecendo um olho, que para ela é só mais um charme.

É inegável a atenção que ela lhe dá quando ele resolve contar-lhe de sua coleção. E ela, sempre simpática, cai em gargalhadas cada vez que diz um nome científico de suas borboletas.

De volta àquela garagem, como no final de uma desgastante batalha psicológica.

— Deixa pra lá, semana que vem eu consigo. É só hoje mesmo...

E assim sai Teo: mochila nas costas montado em sua bicicleta, com rodinhas laterais e o mais devagar possível. Dona Helena apenas olha sorrindo, enquanto fecha o portão da garagem e entra no carro, saindo em direção contrária à direção de seu filho.

Seria um longo fim de semana.

— Não acredito, Tina!

— Por favor, Bia, não vá contar a ninguém sobre o que te disse. Isso é um segredo só nosso.

— Nosso, não! Meu, seu e do Léo.

A caminho da escola, as duas amigas trocam confidências.

— Mas como é que sua mãe deixou você sair ontem? Quinta-feira ainda não é fim de semana. E pelo que conheço Dona Helena, ela nunca deixaria você sair sozinha com o Léo – questiona Beatriz.

— É aí que você entra, Bia – responde Tina. – Se minha mãe te perguntar, você diz que fui à sua casa...

— Você sempre me põe nas suas enrascadas! Agora me diz, você não acha que o Léo não vai abrir a boca? Você sabe que ele adora contar vantagem... E apesar de tudo, não sei como você conseguiu chamar a atenção dele. "O cara mais cobiçado da escola" só se interessa por "patricinhas", e você, completamente *dark*... Sei não...

— Você está duvidando de mim? — esbraveja Tina. — Eu vou te provar que o que eu disse é verdade! Você é que está morrendo de inveja...

— Há, há, há! — Bia aproveita para zombar já entrando pelo portão principal da escola. — Quando a gente passar por ele, vou reparar na forma como ele vai olhar para você. Aí eu vou saber se é verdade ou não o que você está dizendo.

— Você vai ver, Bia. Você vai ver.

A trama do mal se inicia

Agraulis vanillae

Quem tirou essa foto foi meu avô

Após a abertura da grade, o jovem espião amarra sua corda na ferragem do duto de ventilação e a joga para baixo, dentro da pequena sala.

A altura não é o maior problema, mas sim encontrar o documento certo no meio de tantos.

A pequena silhueta retira de sua bolsa um pedaço de madeira de ash para iluminar o ambiente.

— Tenho de ser rápido! Decretos, leis... onde está a seção dos mapas?

Por sobre a escrivaninha, estão espalhados pergaminhos em branco, um castiçal com três velas derretidas e uma pena ao lado de um vidro com nanquim. Está quase na hora da ronda, e os guardas virão fazer uma vistoria na sala do mapa.

— Encontrei!

Após guardar o tubo contendo o valioso pergaminho, o invasor tira da bolsa o que parece um embrulho adaptado a um dispositivo com fios coloridos.

Os olhos olham para a parede. Os quadros mostram antigos reis e rainhas: retratos pintados pelos grandes artistas, onde mostram belos jovens sentados em seus tronos.

— Não quero machucar ninguém. Sendo assim, vou colocar para detonar no início da madrugada, após a visitação dos guardas. Será um prazer ver todos esses documentos virarem cinzas.

O invasor esconde a bomba incendiária em uma das prateleiras e sobe pela corda com nós ainda pendurada no centro da sala.

No momento em que torna a parafusar a grade de ventilação, a porta da sala é aberta.

Totum, o grande general Ruffian anda de lá para cá no centro de sua sala. Acompanhado por dois outros oficiais, tem nas mãos um livro. A história resumida do fracasso de seus comandantes antecessores.

— Uma vergonha! Este livro é uma vergonha para nós! — Jogando o livro de capa dura na direção de seus subalternos.

— O comandante está muito nervoso. Nada pode dar errado desta vez — diz um dos presentes ao pegar o livro no chão. — Estamos providenciando que tudo ocorra como planejado. Assim que tivermos o mapa em nossas mãos, iremos em direção ao castelo de Leordo e destruiremos a estátua adormecida antes que o tal *enviado* chegue à vila dos Nins.

— Não vou admitir nenhuma falha! — retruca o general. — Estamos gastando muito com nosso espião e com treinamentos de guerra.

— Confesso que estamos muito preocupados com a *Lenda*. Que além de ser muito antiga, nunca falhou, a exemplo da primeira profecia sobre as batalhas e a construção de Leordo.

— Cale-se, major! Eu quero ver resultados! Estamos com as horas contadas. Com o mapa em nossas mãos, tudo vai ficar mais fácil. E a propósito, onde está nosso pequeno amigo que ainda não o trouxe até nós?

Alguém bate à porta.

— Pronto, general Totum. Acabou de chegar.

O major era uma figura esguia, com porte físico descomunal. Seu pai tinha morrido na primeira batalha. Cresceu com o gosto de vingança na boca e a cada dia aumentava seu ódio pelos rivais Nins.

Ao abrir a pesada porta de madeira entalhada com temas militares, é jogado para dentro um pequenino ser.

Tinha na cintura um estilingue e nas costas um arco e flecha. Nas mãos, um pergaminho enrolado e amarrado por uma fita dourada.

– Muito bem, caro traidor! Parece que nos trouxe o combinado.

– Seu asqueroso Ruffian – diz o Nin, passando os pulsos no canto de sua boca para limpar o sangue de uma bofetada que tinha levado na sala anterior. – Só não me arrependo do que faço porque me paga muito bem. Além do mais, a *nossa* condição de vida é muito cruel. Só quero juntar dinheiro para sair das terras Nins e viver uma *vida normal*.

– Você terá o que merece. Mas o trabalho ainda não acabou. Você tem mais uma tarefa. Se algo der errado para nós, a vida do Enviado estará em suas mãos, ou melhor, na sua mira. Você saberá o que fazer quando chegar a hora. – Aquele sorriso irônico foi assustador. – E quanto à bomba?

– Torça para aquela geringonça funcionar. Se der tudo certo, nesta madrugada teremos uma bela fogueira.

– Muito bem! Guardas! Ponham-no para fora! Não quero mais olhar para a sua cara.

– Mas e o pagamento? Você me disse...

– Você não está na condição de exigir nada, seu pequeno verme! Eu lhe darei a outra parte do pagamento no final do trabalho.

– Mas...

– Eu disse no final do trabalho! Suma daqui!

Dois soldados entram e arrastam o pequenino Nin para fora da sala.

Totum abre o pergaminho e observa em sua mesa o mapa da Terra do Contra. As peças daquele mapa levam ao castelo de Leordo. Os Ruffians têm agora a chance de aniquilar e dominar o povo Nin e finalmente ocupar suas terras e suas fontes de água "mágica".

Os Ruffians correm contra o tempo. No dia seguinte, em pleno eclipse solar, o quinto da nova geração que, conforme a lenda, é a data marcada para a chegada do Enviado à vila dos Nins.

— Vamos, major Devile! Monte seu grupo e vá em direção ao castelo. Destrua a estátua e a esperança daqueles pequenos insetos!

— Já estão a postos, general. Mil dos melhores de nossos guerreiros foram escolhidos por mim.

Totum se aproxima de Devile, e com suas grandes mãos com seis dedos diz:

— Você é como um filho para mim. Sei do seu ódio por aquele povo e do seu dever para consigo mesmo. Desta vez, vamos dar um fim diferente a essa história.

— Obrigado, general. Não vou decepcionar meu povo e meus antepassados.

O gigantesco major sai da sala com o mapa em mãos. Rumo à batalha que deixaria o seu nome na história Ruffian. Pelo menos era o que pretendia.

No meio de todo aquele silêncio do seu quarto, a Princesa descansa no sofá com um pesado livro em seu colo.

A página está à mostra.

...E no dia em que cedo virá a noite, o Enviado virá com ela.
Com o pequeno trovão capturado. Tão bela.
Pronto a amar e lutar pelo povo que não conhece.
Sete jovens para acordá-lo com uma simples prece.
Dois semelhantes escolhidos e marcados
Nas mãos para levantar o gigante cansado.
Um virá da árvore e o segundo do povo
Que há muito não vê, ser jovem de novo.

O ancião com dois caminhos a escolher.
Suas mãos nos olhos e um nome a dizer.
Com três heróis da Vila há um vilão
Que se oferecem para a batalha
Sem nenhuma ambição.
Com o Som de Únitri e brinquedo salvar os demais.
A seguir com suas vidas às avessas, incertas jamais.

Isabelle acorda assustada com sua Conselheira entrando correndo. Estava apavorada.

— Princesa, o pior aconteceu!

— O que houve, Selena? Por que está assim? Sente-se e me conte.

Sem demorar, a sua melhor amiga conta sobre o mapa.

— Roubaram-no, senhora! Roubaram o mapa da Terra do Contra!

— Não é possível! Estava muito bem guardado.

A sala do mapa contém todas as versões desde a primeira. É um cubículo localizado na torre sul do castelo Nin, entre a sala do trono e a sala de reuniões. Só cabe uma pequena escrivaninha e duas cadeiras onde se sentam o Sacerdote, que dita as alterações, e o escriba. Três paredes são cobertas por pequenos nichos que guardam os mapas, além de outros documentos oficiais, e cada um deles tem uma plaqueta pregada com um número correspondente à sua edição e datação. O teto é de formato de cúpula e fica a cinco metros de altura, e nele uma grade de ferro medindo uns trinta por trinta centímetros, por onde se renova o ar. Dois guardas ficam diariamente na porta, 24 horas. E quatro vezes ao dia, durante a troca de turno, eles entram para uma breve vistoria.

— Foi pela grade de ventilação, senhora. E os guardas não ouviram nada – responde ansiosa. – Deve ter sido um profissional.

Pensativa, a Princesa parece ainda não acreditar.

– Mas como um Ruffian poderia ter passado pela minúscula abertura da grade?

A resposta é óbvia e atordoante.

– Princesa, lamento dizer que foi um dos nossos – Selena diz em voz baixa, já que suspeitava que as paredes pudessem ouvir caso tivessem um traidor por perto. – As pegadas encontradas eram pequenas como as nossas. O invasor estava descalço. Tinha cinco dedos...

– Isso é um absurdo! – Isabelle anda em direção ao espelho. –Mas pode ser verdade. Vamos ficar atentos a tudo enquanto durar a perícia.

Suspira e caminha pelo quarto até a antessala, levando sua amiga até a porta.

– Cara Conselheira. O pior é que isso não estava previsto. Não estava na profecia. Amanhã é "O dia em que virá a noite" e temos poucas horas para montar um grupo até a grande estátua de Leordo. Temos de acordá-lo!

– Tente dormir, Princesa – aconselha sua amiga. – Amanhã será um grande dia.

Centro Educacional São Silvestre

Anartia amathea roeselia

Essa aqui eu consegui em Campos do Jordão

AGACHADO E COLOCANDO o cadeado e corrente na roda de sua bicicleta, junto à grade que separa o pátio e a cantina do colégio, alguém surpreende Teo e dá um tapa em sua nuca.

— *Qualé*, moleque! Você sinceramente acha que alguém vai levar sua linda bicicletinha de criança?

Outros dois garotos que acompanhavam o grandalhão começam a rir.

— *Pô*, Marcelão, essa doeu! Além do mais, você fala é de inveja. Na verdade, você está doidinho pra ter uma igual a essa...

— Tá gozando com a minha cara, moleque! — Levanta Teo pela gola do uniforme. — Essa bicicletinha não serve nem pra minha irmã!

— Serve sim. Eu até acho ela uma gracinha — interrompe Belinha.

— Olá, Belinha. Tudo bem? — Teo suspira aliviado pela intervenção de sua amada.

— Marcelo, deixa Theodoro em paz. — Teo não reclama quando sua amada o chama pelo próprio nome. — Olha que quando chegar em casa, eu falo pro papai. E você vai ficar de castigo de novo...

— Papai vai deixar o bebezão de castigo — caçoa Teo.

— Cala a boca, moleque! Olha que eu te pego lá fora...

— Chega, garotada — adverte o inspetor. — Vamos pra sala agora mesmo!

— Obrigado, Belinha. Mas cá entre nós, eu não sabia que você gostava da minha bicicleta.

— E não gosto. Só falei aquilo pra contrariar meu irmão e por fim à briga. Imagina só, Marcelo é quase o dobro do seu tamanho. Você ia ficar no prejuízo!

Acabou o ânimo de Teo. Realmente achou naquele momento que ela se importava com ele.

— Calma, meu amigo — Jaca bate em seu ombro. — As mulheres são assim mesmo. Adoram confundir nossa mente.

— Ah, Jaca. Se eu tivesse coragem para falar o quanto eu gosto dela!... — Teo vislumbra sua amada se afastando em direção à sala de aula. — Mas o momento certo vai chegar. E quando chegar eu falo.

— Primeiro, você tem de tirar as rodinhas da bicicleta. Assim ela pode pegar confiança em você. Com sua bicicleta daquele jeito, nenhuma menina, ainda mais a Belinha, vai ter *olhos* pra você.

— Mas Jaca. Ela tem de saber que dentro desse menino, existe um grande homem.

Seu amigo ri.

— Olha como fala, homenzarrão! Cuidado com a empolgação. Você tá bastante entusiasmado hoje, não acha?

— Nada disso, Jaca! Só queria que ela soubesse que eu gosto muito dela e poderia fazer qualquer coisa para ela acreditar em mim. Mas é verdade: primeiro tenho de ganhar a sua confiança.

— Pois é, meu herói, hoje é sexta-feira e você tem todo o fim de semana pra tomar coragem. Quem sabe a semana que vem... E por falar nisso, lamento não poder ir à casa dos seus avós. Minha mãe tá pegando cada vez mais no meu pé por causa da minha coleção de libélulas. Também estou meio resfriado, e minha mãe prefere que eu fique em casa. Em Mauá faz muito frio que eu sei.

— Hum, você tem que ir é no inverno pra você ver! — acrescenta Teo.

— Mas mesmo assim, será que você, quem sabe... pode trazer um...

– Tudo bem, Jaca. Eu trago um bolo húngaro de Visconde de Mauá pra você.

– Valeu, parceiro! Na verdade, é para o meu pai. Ele gosta muito...

– Sei... – dá uma piscadela de olho.

Ambos são cúmplices um do outro. Afinal, estão juntos desde o maternal.

E assim os dois amigos entram em sala.

Madrugada tensa

Anartia Jatrophae

Essa aqui tava no jardim lá de casa

Mesmo na madrugada, ao longe se via a escura fumaça por entre as copas das mais altas árvores. Alguns grupos de Nins corriam em todas as direções, meio que confusos, sem saber que o incêndio já estava controlado em uma das salas do castelo.

Assim como quase todas as casas, o castelo Nin fora construído completamente sustentado pelas árvores da floresta. Era, na verdade, uma gigantesca *casa na árvore*, a diferença é que se erguia sobre centenas de nobres araucárias.

Gideão avança por entre os corredores nos ares, e por fim encontra Selena na sacada dourada, onde Isabelle costuma discursar à multidão.

– Querido, o que é aquilo? – pergunta Selena, se referindo à fumaça.

– Pois é, minha cara esposa. É justamente por isso que eu vim até aqui. Fomos novamente surpreendidos – acrescenta o major. – Incendiaram a sala do mapa.

– Como disse, Gideão? – Isabelle sai de trás de seus ombros.

– Princesa! Não estava a dormir?

– Perdi o sono, Selena. Motivos é que não faltam para tirar o meu descanso.

– Isso mesmo, Princesa. Como se não bastasse o furto da mais nova edição do mapa que nos levaria à estátua de Leordo, agora incendiaram a sala do mapa. Foi tudo muito rápido.

— Como estão os cidadãos?

— Apreensivos, senhora — responde o oficial. — Não deixamos que soubessem sobre o furto do mapa, pois iria atrapalhar nossa investigação e certamente o bandido seria mais cauteloso. Mas quanto ao incêndio, nada podemos fazer. Infelizmente já existem rumores sobre a profecia ser verdadeira ou não. Mas fique tranquila, meus soldados já estão preparados e a postos. Meus fiéis guerreiros, aqueles que farão a viagem, foram descansar mais cedo, já que aguardam há tempo por esse dia, por essa batalha.

— Querido, quer dizer... Capitão, com a chegada do Enviado, como o levaremos à Terra do Contra e ao castelo de Leordo, já que perdemos o mapa atual, e não somente isso, foram-se todos os outros mapas?

— Deixe de cerimônia comigo, Selena. Todos nós sabemos que vocês são casados e quando estivermos apenas nós, podem se chamar como quiserem.

— Obrigado, Princesa. — Ainda tímido, o oficial agradece. — Querida, sabemos que não restaram cópias do mapa. Por esse motivo, pedi que me trouxessem ainda hoje o último escriba, o nome dele é Baruch, o mesmo que escreveu o último mapa. É possível que se lembre de alguma referência que possa nos ajudar a encontrar o castelo.

— Ótimo, Gideão — diz Isabelle voltando para dentro da sala. — Estive pensando. Não acho bom levar todos os nossos soldados em busca do castelo.

— Como assim, Princesa? — Selena pergunta assustada. — Deixaremos o Enviado desprotegido? Como teremos segurança de que ele chegará são e salvo até Leordo?

— Não somente são e salvo, como também chegará antes dos Ruffians. Vou designar um grupo para acompanhar o Enviado. Tenho certeza que ele virá amanhã, e em menor grupo seremos menos lentos que um exército. Além do mais, não deixaremos a cidade desprotegida. Não pretendo ser surpreendida novamente por nossos inimigos. Vocês sabem que a própria Profecia diz que o grupo responsável por despertar Leordo é composto por sete pessoas.

Os três amigos caminham pelo corredor externo e ficam na varanda da sala de reuniões, onde sérias decisões são tomadas. Dali dava para ver o pátio triangular onde ficavam as carruagens oficiais, o portão de entrada do castelo, as vielas e pontes de cordas suspensas por entre as casas das árvores.

– Senhora, fomos informados que os Ruffians já estão marchando em direção à Terra do Contra. Como chegaremos antes deles, já que temos de aguardar o aparecimento do Enviado?

– Deixe isso comigo, Selena. Gideão – ordena a Princesa. – Encontre Ícaro e o traga com o nosso escriba. Quero que ele prepare nossa frota de libélulas gigantes. Amanhã mesmo elas farão uma grande viagem.

– Sim, Senhora. Já estou indo. Força e paz para vocês. Até mais, Conselheira, quer dizer... Amor. A propósito, Isabelle – prossegue Gideão. – A Profecia cita "O Segundo" vindo do povo, aquele que com o Enviado acordará Leordo. O que fazer quanto a isso? Nada sabemos e nunca nos foi informado como recebê-lo.

– Eis uma grande questão, nobre oficial – responde a Princesa. – O sacerdote sempre evitou falar sobre "O Segundo". O que sei somente, por intermédio dele mesmo, é que o assunto é muito secreto, apenas a rainha Hyla saberá reconhecê-lo, e nós, no momento certo, iremos saber. Agora vão.

Com um delicado sorriso, Isabelle abençoa aquele casal de amigos.

– Vá descansar, Selena. Você não pode...

– Ram-ram. – Selena coça a garganta para advertir o comentário de sua amiga Princesa.

— Prometo que também irei — disfarça Isabelle.

— Ótimo, minha cara amiga. Vou aproveitar para fazer uma xícara de chá para Gideão. Até mais.

Gideão franze a testa sem entender o diálogo entre as duas.

Sozinha naquele momento, Isabelle volta à sacada e vê o dia em seu amanhecer. A fumaça já se dissipara. Certamente já deviam ter apagado o incêndio na sala do mapa. Uma leve melodia, a *música contínua*, é somada ao som do chafariz e começa na praça central, como era comum em todas as manhãs.

Em seus pensamentos, tudo passava, menos o fato da profecia estar errada. Olhando os pequeninos que acordavam cedo para moer seu trigo e colocar os pães nos fornos a lenha, uma lágrima caiu. O amor pelo seu povo era o que ela mais zelava. Isabelle temia que estivessem perdendo a fé. E por mais controlada e segura que fosse, na sua intimidade era ainda frágil.

— Únitri, soberano deus, Senhor de todos os povos, entrego a Ti o meu destino e o do meu povo. — Naquele momento, Isabelle começa uma pequena oração. — Em adoração, rogo a Ti que faças que nosso Enviado não se perca na floresta de Anthos. Pela Tua graça, me abençoes, e estendas os meus termos; que a Tua mão seja comigo e faças que do mal eu e meu povo não sejamos afligidos! O Senhor que peleja por nós, lute ao lado de nossos pequenos soldados nessa batalha que há por vir. Sopre os melhores ventos para acelerar ainda mais o voo de nossas libélulas e faça que o tempo esteja favorável. E, soberano Únitri, torne nosso frágil povo vitorioso e que saúde e bonança, riqueza e paz estejam sempre na vida de cada um de nós. Obrigada. Força e paz!

E assim Isabelle entra novamente e se deita olhando em direção à sacada, observa os pássaros que pousam sobre ela. Não há mais sono algum.

Um insistente convite

Anteos menippe

tá vendo, tina.
Eu falei pra você se afastar um pouquinho

O sinal toca, avisando o final das aulas. Nada pior que matemática e geografia como as últimas aulas de sexta-feira, ainda mais com um esperado passeio em mente.

No corredor que dá para a porta dupla de madeira com acesso ao pátio, onde os alunos deixam suas bicicletas presas às grades, Teo encontra mais uma vez a sua amada.

No meio daquele *empurra-empurra* e gritaria, Teo, completamente enrubescido, tenta organizar meia dúzia de palavras para puxar um assunto qualquer com Isabela.

– Olá, Belinha! Tudo bem?

– Você já me perguntou isso hoje, Theodoro.

– É porque eu gosto de saber como você está – justifica o apaixonado menino. – E por falar nisso, tem planos para o fim de semana?

– Há uma diferença muito grande em "saber como está" e "se meter na vida dos outros", você não acha?

– Que é isso, Belinha? Eu só pensei que... uma menina inteligente e bonita, que tem um irmão que é uma *simpatia em pessoa*... – zomba. – Todos querem estar ao lado. Você deve ter uma agenda muito cheia nos fins de semana. Ainda mais tendo o pai que você tem.

O pai de Isabela e Marcelo é um político muito conhecido na cidade. Já tentou algumas vezes, sem sucesso, se eleger para a Câmara Municipal.

— Mas é claro! Hoje à noite temos um jantar *beneficiente*...

— Beneficente, Belinha — corrige Teo.

— Foi o que eu disse, menino! Beneficente. Amanhã vamos ao *shopping* fazer umas compras básicas para casa, *do tipo* DVDs e um videogame novo. E domingo, à igreja, é claro. Você sabe que meu pai é muito religioso.

— Eu sei. Mas eu posso criar esperanças em um dia chamá-la pra ir lá em casa assistir uns filmes...

— Se você tiver um *home-theatre sete ponto dois*, até poderei ir. Assistir filmes pra mim tem de ter *surround e subwoofer* — esnoba Belinha. — Faz o seguinte, me manda um *scrap* pra agendar. Quem sabe? Mas é claro, antes se livra dessa bicicletinha. Eu morro de vergonha quando você fica perto de mim com ela!

Teo olha para o seu precioso veículo e questiona, sinceramente, o motivo de ele gostar tanto daquela menina. Conforme os dias iam passando, e com isso iam se conhecendo, poderia o encanto acabar? Os *foras* de Belinha nem lhe doíam mais. Durante um tempo, ele acreditou que era seu charme, e depois, que se fazia de difícil. Até achar que era tímida ele imaginou. Mas agora, lamentavelmente, Teo acreditava que sua Princesa realmente gostava de esnobar e pisar no seu coração.

E na frente da escola, já na calçada, eles dão as costas e se vão.

— Muito bem, meu herói. Tá inspirado hoje, hein! — surpreende Jaca. — Eu vi tudo, seu espertinho! E aí, como foi?

— É, Jaca. Tá cada vez mais difícil. Mas tá bom assim. Vou aos poucos perder a esperança e seguir seus conselhos. É como você diz, preciso de alguém que goste de mim.

— É verdade, meu amigo — Jaca conforta. — Mas não se esqueça que temos muita pipa pra soltar, muita bola pra jogar e, principalmente, uma coleção enorme para completar. Temos muito tempo ainda para essas mulheres deixarem a gente loucos.

— Isso é verdade. Segunda, eu te falo como foi lá no sítio. Espero poder capturar uma nova borboleta para a minha coleção.

— Ah! Vê se não esquece do meu... Quer dizer, do bolo do meu pai.

— Você já falou, seu guloso.

— Boa sorte e bom passeio. — Jaca se despede de seu amigo.

Um belo rapaz no meio de um grupo de amigos na hora da saída, e dentre eles, duas outras lindas meninas usando óculos *ray-ban*.

— Lá está o seu príncipe encantado.

— Eu já vi, Beatriz!

Tina toma outra direção, contrária àquele grupo.

— Ei! Não senhora! Vamos passar perto deles. A menos que você esteja com medo de alguma coisa...

— Nada disso, Bia! Eu vou ver se o Teo já foi embora e...

— Deixa disso, Tina. Você nunca se preocupa com o seu irmão! Tanto faz se ele vai embora sozinho ou não pra casa.

As duas amigas se aproximam do grupo, com o intuito de passar por ele em direção à saída do pátio do colégio.

— Com licença, queridinha. — Beatriz passa na frente entre as duas meninas.

Transtornada com aquela situação, Tina se espreme no meio do grupo e Bia, sem tirar os olhos do príncipe encantado de sua amiga, repara que ele sequer percebe a sua presença naquele momento.

— Meu Deus, Tina! Você viu o que ele fez? Ele nem olhou para você.

— Que é isso, Bia. Ele é que é discreto demais. Nós combinamos agir assim no meio dos outros.

As duas amigas se afastam do grupo e saem pelo portão principal. Será que Tina estaria fingindo uma situação que de fato nunca ocorreu? E com que propósito ela usaria de mentira com sua melhor amiga?

No caixa do restaurante, ainda contabilizando algumas comandas, Helena percebe o seu celular vibrar.

A mãe de Teo é gerente de uma grande churrascaria no centro da cidade. Apesar da carga horária extensa, o salário é bom o bastante para viver uma vida com certo conforto, principalmente para os dois filhos. De nada serve seu diploma de psicologia, a menos que seja para atender a um ou outro cliente mais exaltado ou seu chefe nos dias de vencimento das faturas.

– Alô, papai! Preciso correr que o restaurante está cheio!

– Tudo bem, minha filha. Serei breve – responde Seu Guiot – tá tudo certo para vocês virem para cá amanhã bem cedo?

– Não sei, Seu Guigui – diz Helena na forma que carinhosamente apelidara seu pai. – A previsão do tempo não está favorável para fazermos essa viagem. *Prometeu* chuva para esse fim de semana.

– Ah, Heleninha. Eu estou... quer dizer, eu e sua mãe estamos esperando ansiosos por vocês. Na verdade, estamos morrendo de saudades!

– Que é isso, papai? Não faz um mês que estivemos aí...

– Ah!, mas você sabe como nós somos, não é mesmo?

Helena acha muito suspeita a insistência de seu pai, mas deixa de questionar. Ela acredita que o motivo dessa insistência deve ser por alguma surpresa que devem estar preparando.

– Papai, vocês estão com algum problema aí? Vocês sempre ficam preocupados quando nós vamos até Mauá com mau tempo...

– Que é isso, Helena? Não é nada disso. Bem, de qualquer jeito seja bem cautelosa na estrada. Não quero que o Teo... ou melhor, que nada de ruim aconteça a vocês.

– Tudo bem, Seu Guigui! Você sabe que eu sou bem cuidadosa

ao volante. Faça chuva ou faça sol, iremos a Visconde de Mauá. Podem esperar a gente bem cedinho. Agora desliga, vai. Preciso trabalhar e a casa tá cheia! Beijão.

– Que bom, Heleninha! Sua mãe está lhe mandando um beijo. Até amanhã.

– Tchau papai. Manda outro pra ela.

Helena desliga o celular no meio daquela correria do trabalho. Para ela, alguma coisa estava errada. Sua intuição materna poderia estar se confundindo com o medo de dirigir em tempo de chuva. O trauma de direção agora era comum naquela família.

Suas olheiras mostram o seu cansaço. Afrouxando o lenço no pescoço, que faz parte de seu uniforme sob medida, Helena pensa nas suas "crianças". Elas eram tudo o que restou para ela, já que não pensava em novo relacionamento, mesmo aos 39 anos.

Do outro lado da linha, após colocar o aparelho no gancho, dois olhares se cruzam. Apreensivos, ansiosos...

– Você acha que ela reparou em alguma coisa? Eu achei que você foi muito exagerado.

– Desculpe, filhinha. Você sabe que eu não tinha saída. Não havia outro modo de convencê-la a vir e trazer o menino. Fique tranquila. Vai dar tudo certo.

– E quanto a sua irmã?

– Pois é, o tempo dela está para chegar. E dependo de tudo isso para vê-la pela última vez.

Horas mais tarde, à noite, Helena adverte seus filhos a subirem para dormir.

– Muito bem, Teo, hora de dormir. Amanhã vamos levantar cedo e você sabe que, para não pegarmos trânsito, teremos de sair correndo.

– Ok, mãe – responde Teo meio desconcentrado com o que ela disse. – Só quero ver o que o jornal tá dando.

Era a notícia de que no dia seguinte haveria um eclipse solar total.

— Tina, desliga o computador e vá deitar. — Helena bate na porta do quarto do andar debaixo, que serve como um pequeno escritório.

Tina mais uma vez com Bia no *MSN*.

Parece que sua amiga finalmente soube de sua mentira sobre ter saído com Leo. Não haveria mais argumentos que justificassem o desvio de personalidade daquela jovem. Tina criava e se envolvia em suas *mirabolantes* histórias como tentativa de se socializar entre os demais alunos do colégio. Ela se achava meio esquisita, deprimida, frustrada... Realmente, a falta do pai afetara diretamente na sua formação.

A reação dos filhos de Únitri

Arawacus meliboeus

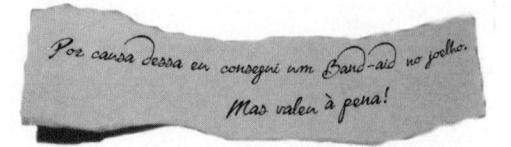

Por causa dessa eu consegui um Band-aid no joelho. Mas valeu à pena!

YĀMIN SE APROXIMA DO grupo de músicos em plena praça central e lhe diz algumas palavras.

E sem deixar de tocar o seu alaúde, um deles em forma de canção fala ao povo as palavras da Princesa Isabelle.

– Caros cidadãos. Amados amigos. Isabelle, serva de Únitri, vem até vós para fazer um convite histórico. A sagrada Profecia chama três voluntários para seguirem para a grande viagem à Terra do Contra. Aventura e grande reconhecimento vos esperam. Não somente a Princesa, mas o povo Nin aguarda por três corajosos cidadãos, que com seus talentos e bravura, escrevam seus nomes nos *anais* da nossa história. Dou-vos seis horas para decidir e se apresentar ao comitê e a mim. Princesa Isabelle. Honra e Glória a Únitri. Força e paz a todos!

E a música instrumental volta a ser tocada na praça central, assim como todas as manhãs.

Existe uma classe de moradores que tem um trabalho específico na vila Nin. Eles são conhecidos como *Hillawehs*, pois cuidam da manutenção da bela vila, dos prédios e ruas, das praças e das árvores, além do principal: manter a música soando 24 horas por dia na praça central.

A música é mágica, e de turnos em turnos há um revezamento de músicos. As pessoas são escolhidas pela Princesa Isabelle e independem de serem da mesma família.

A história Nin conta como começou a ordem para os *Hillawehs* executarem esse serviço; existe a *mítica* que diz que toda a essência da *vida* Nin depende da mágica música tocada na praça central da cidade.

Por mais que a maioria dos habitantes daquele vilarejo fosse fiel à Profecia e tivesse a certeza da segunda vitória, após o anúncio, muitos correram para suas casas, trancando portas e janelas.

Obviamente, Isabelle não obrigaria ninguém a se apresentar. A generosa Princesa, seguindo os princípios de sua mãe, a Rainha Hyla, é muito democrática. A doce Princesa haveria de seguir com a Profecia, ou seja, aguardar o voluntariado do povo para a viagem.

Isabelle ainda sem dormir, se levanta com o intuito de ir ao quarto de sua mãe.

Seis guardas em cada lado do largo corredor, três em cada lado da porta dupla de mogno, com detalhes de madeira *ash* formando uma grande clave de Dó em cada face da porta. O interessante é que, postas de costas uma com a outra, as claves se tornam um formato de borboleta.

Dois guardas abrem a porta após o cumprimento oficial de força e paz.

Os olhos tristes, úmidos ao ver aquele ser frágil, apenas dormindo como se estivesse tendo um longo sonho e se alimentando por uma sonda. O médico chefe ao lado da rainha apenas olha e aguarda a *hora da partida.*

O tempo está contado, restam algumas semanas e, quem sabe poucos meses, para aquele pequeno ser se transformar em uma estátua de pedra. E quando isso acontecer, será levada à Planície das Rochas que choram, onde será depositada com todas as honras.

A Rainha Hyla sussurra algo para Isabelle.

– Desculpe, mamãe. O que você disse? Não pude ouvir.

E ela aproxima seu ouvido direito da boca de sua mãe para ouvi-la melhor.

— Cavalo... Dendron... à noite.

Foram as únicas palavras que a doce Princesa pode reconhecer. Como se não bastasse a fragilidade e a debilidade de Hyla, ela parecia não saber pronunciar algumas palavras. Estaria a rainha *desaprendendo* a falar?

A Princesa acaricia sua testa e a beija antes de sair da sala.

Ela sai a lentos passos enquanto ecoa pelo longo corredor um choro de bebê. Isabelle chora.

— Confusa, Princesa?

O Sacerdote surpreende Isabelle.

— O que faz aqui? — responde-lhe, enxugando os olhos.

— Dando amparo à Rainha, é claro. E a propósito, você entendeu o pedido de sua mãe?

— Não muito bem. Ela disse algo sobre cavalo e árvore-mãe...

— Sim, entendo... Bem, Princesa, é preciso que confie em mim. — Aquela criança abraça as pernas de Isabelle. — Dê ordem para alguém levar o nosso mais rápido cavalo a Anthos.

— Anthos? O que um cavalo faria em meio à floresta proibida?

— Fique tranquila, Princesa. Faz parte do cumprimento da profecia. Ouça: No final da tarde, ordene que levem e deixem-no preso à árvore-mãe. A única coisa que podemos lhe adiantar é que alguém irá precisar desse cavalo. E a propósito, deixe junto ao animal uma cesta com pães, frutas e água.

— Perfeito. Assim será. — A Princesa acelera o passo esvoaçando o seu leve vestido.

O Sacerdote balança a cabeça afirmando: — Você está quase pronta pra assumir o lugar de sua mãe. Quase...

— Bem, vou me adiantando — continua Akribes, o pequeno sacerdote — pois preciso levar uma palavra aos Hillawehs, parte deles terá de fazer uma pequena viagem.

Rumo a Mauá

Ascia monuste

Quase perdi essa foto! Não me pergunte como... Ela caiu dentro da Churrasqueira do meu avô.

São nove horas da manhã e o carro passa pelo centro da vila de Mauá. A garotada está se reunindo para o primeiro amistoso de futebol enquanto os fiéis saem da missa na igrejinha no centro.

– Meninos, vou descer pra comprar algumas coisas. – Helena sai do carro.

Como sempre faz quando visita o seu pai, Helena compra umas frutas, pão, queijo, e mais algumas coisas para ajudar no café da manhã.

– Que saco, hein, pirralho? – Tina inicia uma conversa.

– Como assim? – responde Teo, deitado no banco de trás, com a cabeça recostada em sua bolsa que servia como travesseiro.

– Você sabe, tanta coisa pra gente fazer em casa, tanto lugar melhor que isso pra gente ir... Cá pra nós, aqui é um saco! *Poxa*, cara! Prometo que na próxima eu fico em casa.

– Você tem de improvisar, Tina. Eu, por exemplo, sempre tenho algo para fazer aqui: parto para o meio do mato para colecionar minhas borboletas. Inventa qualquer coisa tipo... pegar novas receitas de bolo com minha avó, ou quem sabe escrever um livro com as melhores histórias de Mauá contadas pelo vovô.

Enquanto Tina fecha o nariz e estala os ouvidos para *descompressão*, sua mãe entra no carro.

– Ah, que bom! Já posso ouvir melhor.

– Que foi, minha filha? – pergunta Helena, percebendo o incômodo de Tina.

— Nada demais. Só porque vou ficar ilhada dois dias neste fim de mundo, sem celular, olhando pra cara de um menino maluquinho que tira fotos de borboletas, ouvindo um monte de bobeira do vovô, além de dormir ouvindo som de cachoeira e grilo no meu ouvido. Que saco!

— Que é isso, menina! — adverte Helena. — Mais respeito com o seu avô! Foi aqui que eu cresci, além do mais, já parou pra pensar que o sítio vai ser de vocês um dia?

— Uau, mãe! Eu não tinha pensado nisso! — festeja Teo.

— Hum, vou pegar a minha parte e vender... Só faltava essa: morar em Visconde de Mauá e ainda por cima ser vizinha do Pirralho!

— E tira o pé de cima do painel! Não quero ouvir mais nada, Tina!

De repente, Teo franze a testa e reflete.

— Mãe, eu tava pensando. Como assim "o sítio vai ser de vocês um dia"?

— Querido, por acaso você acha que papai ou até mesmo eu vamos viver para sempre?

Pela segunda vez, eles falavam sobre o fato de que as pessoas naturalmente morrem, outras antecipadamente, como foi o caso de Humberto.

— Por mais que eu saiba que, para onde acredito que vamos, não exista dor nem tristeza, certamente vou sentir muita falta do vovô quando chegar o dia de... você sabe.

— Eu sei, meu filho. Eu sei. Também vou sentir muita falta. Mas Deus adoça a saudade, você sabe – conforta Helena, olhando Teo pelo retrovisor interno.

Teo corrige a posição dos óculos com o dedo e vê nuvens cinzentas chegando. — É mãe, não vai dar pra ver o eclipse hoje. Vai realmente chover mais tarde. — O carro começa a andar e pelo vidro avista Rosinha, a jumentinha *mascote* de Maringá, pastando ao lado da pista.

Alexandre Monsores

— Será que ela sabe o que é morrer? — questiona Teo. — Queria ser bicho! Só assim não sentiria saudade.

Helena sorri de canto de boca e balança negativamente a cabeça.

— Fica tranquilo, pirralho. Pra mim, você sempre vai ser um animalzinho!

— Cala a boca, Albertina! — repreende seu irmão.

— Meninos, não quero esse tipo de comportamento na casa de seus avós! Nada de briga. Daqui a uns vinte minutos chegaremos lá.

A região de Visconde de Mauá tem três vilas principais: Mauá, Maringá e Maromba.

Seguindo à direita, você passa pela vila de Mauá, que tem comércio local, serviços e pousadas. Mais para a frente estão algumas das pousadas mais charmosas e requintadas, na estrada para Campo Alegre.

Virando à esquerda, você vai passar pelos vales do Pavão e Cruzes, em direção à vila de Maringá, onde se concentra a maior parte das pousadas, restaurantes e lojas.

Depois de Maringá vem a vila da Maromba, onde ainda é possível perceber a presença do movimento *hippie*. Essa área concentra as cachoeiras mais visitadas e também conta com várias pousadas.

A vila de Visconde de Mauá fica a 1.250 metros de altitude, e propriamente, pertence ao município de Resende, mas os povoados de Maromba e Maringá, onde se concentra o maior número de hotéis, pousadas e lojas de artesanato, pertence a Itatiaia. Apenas em parte, é verdade, porque basta atravessar uma ponte sobre o rio, em Maringá, para se chegar ao Estado de Minas Gerais.

A chamada região de Visconde de Mauá é, na verdade, um conjunto de vilarejos divididos entre os municípios de Resende e Itatiaia, no lado do Rio de Janeiro, e Bocaina, do lado de Minas Gerais. Muitas dessas localidades têm parte das terras num município e num Estado, e outra parte em outro.

O nome Visconde de Mauá homenageia Irineu Evangelista de Sousa, barão e depois visconde, que recebeu as terras da região em 1870, como concessão do governo imperial para a exploração de madeira, que seria transformada em carvão vegetal.

Em 1889, ainda no Império, seu filho, Henrique Irineu de Souza, instalou nas terras um núcleo colonial, formado por famílias de imigrantes europeus. A iniciativa fracassou e a maior parte dos colonos retornou aos países de origem. Em 1908, o governo federal compra as terras de Henrique e cria o Núcleo Colonial Visconde de Mauá, segunda tentativa de receber colonos europeus. Esse núcleo acabou extinto em 1916.

Algumas famílias alemãs permaneceram em Visconde de Mauá e, a partir da década de trinta, começaram a receber parentes e amigos vindos da Europa, iniciando a atividade turística na região. Na década de setenta, a vila de Maromba foi descoberta pelos *hippies* e, a partir dos anos oitenta, começou a se tornar um dos destinos de montanha preferidos de turistas do Rio de Janeiro e São Paulo.

Uma curiosidade é que Irineu Evangelista, o *visconde* de Mauá, nunca esteve na região que hoje leva o seu nome.

Ayra ainda era menina quando foi para Visconde de Mauá com seus pais. Seu pai era imigrante alemão e conheceu sua mãe, uma índia da tribo de Mangaratiba.

A mãe de Helena nasceu debaixo de um cajueiro, nas mãos do pai, que era médico, à margem do rio Cação. Até seus dez anos, viveu *comendo fruta no pé*, caçando tatuís na areia da praia do Saco, pegando *guaiamuns* no rio São Braz, e fazendo sandálias com folhas de *orelha de elefante*. Seu pai alfabetizava os adultos da colônia e sua filha o acompanhava, copiando as letras, números e era a primeira a levantar a mão quando seu querido professor arguia a classe.

Quando subiram a estrada, que se tornaria décadas depois a BR-101, Rio/Santos, a pequena família rumou ao vilarejo de

Visconde de Mauá, onde Johannes Müller, pai de Ayra, herdou um terreno. E lá não poderia ser diferente, a menina vivia o tempo todo em contato com a natureza, sempre que chegava do colégio em que se formou como professora de curso fundamental, Ayra desaparecia em busca de mudas novas e para se pendurar no balanço que seu pai tinha feito na maior árvore de seu terreno, uma centenária *mangueira espada*.

Após a morte de seu pai, Ayra buscou conforto e consolo sobre copas das árvores do sítio em que morava, conversando com passarinhos e flores. O tempo passou, e certo dia, quando já tinha uns trinta anos, numa de suas saídas pelo sítio, ela conheceu Guiot e se apaixonaram.

O pai de Helena tinha a mesma idade de Ayra, que no início ficou assustada por ver em sua propriedade um jovem que parecia perdido, que aparecera do nada por entre alguns de seus *ipês*. Se não fosse pelo motivo de Guiot estar ferido e dizendo sinceramente que *não seria daquela região*, a apaixonada moça teria chamado a polícia. Ao invés disso, com ajuda de sua mãe, que com sabedoria indígena parecia compreender mais o misterioso moço que a própria filha, abrigou o rapaz durante alguns dias, propondo abrigo em troca de trabalho para as duas solitárias mulheres, pois não podiam lidar com o sítio e todos os pesados afazeres.

Mas o destino e a fatalidade andaram juntos. Menos de um ano após abrigar o mais novo forasteiro, Amãna, mãe de Ayra, que já era bem idosa, adoeceu e veio a morrer nos braços da filha.

Guiot se tornou um grande companheiro para a jovem mulher, confortando-a e mostrando sua compreensão sobre nascer, amadurecer, envelhecer e morrer.

Nesse mesmo ano, os dois se casaram em uma pequena capela no Vale das Cruzes, ao ar livre, a pedido da noiva.

Até mesmo para os moradores mais antigos da região de Visconde de Mauá, o casal, e em especial Guiot, é muito estranho.

Costumam não falar de si mesmos a ninguém da cidade, criando vários tipos de rumores e *fofocas* em torno de suas identidades. O casal possui uma lojinha no centro da vila de Maringá, e eles vendem desde artesanato até mudas de plantas de seu próprio sítio.

Helena nasceu em um lar feliz, criada quase da mesma forma que sua mãe, respeitando e amando o ambiente em que morava: A floresta, os rios, o ar... tudo ao seu redor. Foi muito difícil para Helena largar seus pais em Mauá para cursar a faculdade de psicologia na *cidade grande*. O Rio de Janeiro pareceu ameaçador, mas a necessidade de ampliar seus territórios era vital.

Durante suas férias de final de ano, Humberto, um promissor agente imobiliário, visitando Visconde de Mauá e aproveitando a baixa temporada turística, conheceu Helena no balcão da lojinha de seus pais.

O resultado desse encontro foi que Humberto aproveitou a exploração imobiliária local para fazer bons negócios e, é claro, se encontrar com Helena duas ou três vezes em cada viagem que fazia à simpática Mauá.

O amor falou mais alto, apesar de algumas importantes diferenças entre os dois, tendo como exemplo os conceitos religiosos de Humberto, que era *protestante*, e Helena que não tinha formação muito definida, pelo menos até o acidente. Ele montou o próprio escritório enquanto ela provisoriamente apenas cuidava das crianças. Uma vez por mês, subiam a serra para visitar Guiot e Ayra, e assim, manter seus dois filhos sempre em contato com a natureza. Até aquele fatídico dia.

Helena retoma sua viagem. O cenário é maravilhoso, toda aquela beleza natural. Tem de vencer mais quatorze quilômetros de estradinha de chão batido, cercadas de xaxins, samambaias, lírios do vale e marias-sem-vergonha. Por maior que seja a expectativa, as visões do alto da serra sempre costumam superá-la, e é comum perder o fôlego diante de tão belas paisagens. Entre as curvas do rio Preto e as cristas dos morros cobertos de bosques de araucárias, as estradinhas vão levando Teo a recantos de sonhos.

 O carro para em frente a um grande portão de madeira. Helena dá uma *buzinadinha* e o automático abre o portão sobre seu trilho puxado por um motor.

 O ar está frio naquela manhã. Teo nem pisca os olhos ao passar pelas primeiras árvores do jardim da frente da casa, úmido pelo orvalho da madrugada e carregado de algumas folhas secas e flores alaranjadas e vermelhas do gigantesco *flamboyant* que guarda a entrada.

 Helena entra na garagem e com cuidado encosta de leve o para-choque do carro na parede dos fundos da garagem, simplesmente pelo fato de, somente assim, caber a *Quantum* no apertado cômodo sem deixar a traseira para fora ao relento.

 Todos saem do carro e se prontificam em carregar as próprias e poucas bagagens. Não havia necessidade de levar tanta coisa, pois todos tinham roupas sobressalentes em Mauá.

 Helena não se preocupa em trancar o carro, e apenas fecha os vidros para não servir de residência dos morcegos à noite.

 Teo fecha os olhos, respira fundo e assim que os vê, é o primeiro a correr para a casa e para o abraço de seus avós, que já os aguardavam na varanda. Em seguida, Helena vai puxando a mala com rodinhas e, por último, Tina, que põe nas costas sua mochila jeans rabiscada e carregada de *botons*.

A marcha inimiga

Biblis hyperia

Essa foi minha mãe quem tirou. A gente tava em Jaceruba.

Ao longe se vê a silhueta dos mil soldados Ruffians. À frente, montado em um *tríclope*, o grande guerreiro, major Devile, com sua *besta* e flechas nas costas, elmo e armadura perfeitamente cromados.

Do alto de uma colina ele avista, não muito longe, a Floresta Iluminada. Abre o pergaminho com o mapa que leva ao castelo de Leordo e passa acelerado ao lado da fila de subalternos.

– Guerreiros! Amanhã faremos parte de uma nova história Ruffian! Seguiremos em frente, rumo à vida longa, ao poder, à vitória!

Os alucinados guerreiros gritam e batem os escudos em seus peitos, provocando um estrondo metálico.

Metade dos soldados está montada em seus tríclopes, animais que foram capturados nos campos vermelhos de Nihil, terra sob domínio dos Ruffians. O tríclope possui uma única pata traseira, extremamente forte, que permite a esse animal saltar e correr com grande velocidade.

Os demais marcham a pé, porém, usam extensores na parte inferior da armadura, alongando as pernas, tornando-os mais altos e fazendo que aumente uns cinco metros a sua passada. Todos eles estão com seus óculos pretos pendurados no pescoço, esses óculos certamente serão usados para atravessar a Floresta Iluminada.

– Somos mais fortes e em maior número. Estamos praticamente um dia à frente dos pequenos vermes – exalta o gigante major.

O grupamento de soldados enlouquece ainda mais.

— Expandiremos nosso território e as fontes das águas mágicas Nins serão nossas. Não sabemos muito sobre o nosso inimigo, mas o que sabemos já basta! São pequenos, frágeis, inexperientes... E, o melhor, estão sem a sua líder. – Devile se refere à Rainha Hyla.

— Há alguns anos ela vem se escondendo. Nem mesmo o seu povo a vê. Parece doente. Mas isso não vai livrá-la da derrota! Não somos sensíveis como eles!

Os guerreiros chegam ao clímax da fúria a cada afirmação de Devile.

— Somos guerreiros! Somos Ruffians! Partiremos da Terra do Contra em direção à Vila Nin. Vamos escravizá-los e tomar o seu castelo sobre as árvores.

No meio daquele exército, sobre um malhado tríclope, um soldado ergue a voz:

— Gigante Major, e se não chegarmos a tempo e a gigante estátua de metal, a qual tememos tanto, se levantar contra nós?

Devile olha para aquele soldado, no meio de tantos, e com a ira que era bem peculiar à sua raça e personalidade, em um décimo de segundo pega uma das suas flechas em suas costas e arma a sua besta, disparando-a em direção ao soldado que fizera tal ingênua pergunta, cravando-a mortalmente no pescoço do infeliz. O corpo do soldado cai duramente ao chão, para o espanto dos demais.

— Que isso sirva como exemplo para quem se atrever a questionar nossos planos! – O exército emudeceu.

— Morte aos fracos! – exclama repetidamente. – Morte aos fracos!

O exército acompanha em alto coro.

— Vamos! Temos de destruir *um* dorminhoco de lata! – Termina o discurso olhando para o céu. – Está para anoitecer e amanhã será o dia em que se tornará noite: O grande eclipse.

Segue adiante o exército Ruffian deixando para trás o pálido guerreiro com a flecha encravada no pescoço e pisoteado pelos companheiros que vinham após ele.

A marcha recomeça.

Um misterioso lepidóptero

Caligo brasiliensis

Essa aqui só tem no Brasil. Claro, né!

Teo não gostava muito de praticar uma atividade que seu avô insistia em ensinar-lhe: jogar pião.

Ele não via *graça* em olhar um objeto rodar até parar, não havia fundamento para Teo.

— Venha aqui, moleque. Vou lhe ensinar uma nova jogada.

— Ah, vovô! Pião de novo, não!

— Que é isso, menino? Você sabia que jogar pião é um esporte?

— Seu Guigui, não me venha com essa...

— Sério! Além do mais, você tem muito talento para isso. — Guiot enrola o cordão em volta da peça de madeira. — Toma, joga.

Teo pega o pião das mãos de seu avô e joga no piso da varanda.

A visão chega a ser engraçada, o pião roda de ponta-cabeça.

— Bem... — Guiot coça a garganta e conserta o que disse. — Você sabe que tem talento que se adquire, *né*?

— Valeu, vovô. Me deixa ir agora atrás de meus lepidópteros. Quando eu chegar, eu prometo treinar mais um pouco.

Helena insiste que Teo, antes de sair, pegue a sua capa de chuva amarela.

Não muito simpático à ideia, ele obedece e parte para o quintal da casa de seu avô.

— Vai com cuidado, meu filho — adverte sua mãe. — Não ultrapasse a ponte de madeira, não quero que vá muito longe. Vamos preparar o almoço e quero que volte antes do meio-dia.

— Helena, minha filha, você sabe que Teo conhece esse quintal muito mais que você. Parece até que já subiu em cada uma dessas árvores.

— Quase isso, vovô. Ainda chego lá – brinca Teo.

Guiot se aproxima de seu amado neto e se agacha, pondo as mãos sobre os seus ombros.

— Corra atrás do seu sonho. Pegue a mais bela borboleta que você avistar. Tenha cuidado, e se você estiver em perigo, saiba que você pode contar comigo. – Olha fundo nos seus olhos. – Eu tenho muito orgulho de você. Pela sua paixão, pela sua inocência, pelo amor por sua família e pelo prazer de viver a sua juventude.

— Que é isso, vô? Tá me deixando *sem graça*.

— Por favor, seja sempre assim: Esse garoto maravilhoso que você é!

— Claro, vô. Mas agora você pode me deixar ir? Minha mãe mandou voltar logo e *já já* a gente se vê.

— Eu sei... eu sei. A gente se vê em breve... Bem, some daqui! Tenho certeza que há uma grande e linda borboleta para você capturar.

Teo corre em meio às árvores do enorme quintal, empunhando a rede em sua mão.

Seu avô pega uma folha seca no chão e enquanto avista seu neto sumir por entre a paisagem, a folha em sua mão vai se tornando verde, recuperando a aparência de uma folha nova, tal como acabasse de tirar da árvore. Então o velho homem sopra a folha aos ares, deixando aparecer na palma de sua mão direita a marca de nascença, naturalmente e igualmente tatuada como a de Teo: Um olho.

Na janela da cozinha, descascando batatas sobre o mármore da pia, Ayra, a avó de Teo, sobre as lentes dos óculos vê aquela capa amarela desaparecer por detrás dos troncos, e volta os olhos para o seu marido que entra pela porta dos fundos.

Alexandre Monsores

— Filho. — Carinhosamente se vira para o seu marido. — Vai dar tudo certo.

— Eu sei. Mas tenho de me preparar. — Abre a geladeira para pegar uma jarra de suco.

— Sobre o que vocês estão falando? — pergunta Helena, sentada à mesa, separando os feijões colhidos no próprio quintal de seu pai. — Preparar para o que, papai?

— Nada, Heleninha. Tenho de preparar uma salada para acompanhar no almoço...

Guiot e Ayra cruzam os olhares.

Tina, ainda muito contrariada, aponta o celular para o céu com a esperança de obter sinal.

Não muito distante dali, Teo, com uma varinha em uma das mãos, a rede na outra, sua bolsa atravessada nos ombros contendo um pote de vidro, um bloco de papel, um lápis, uma câmara fotográfica e alguns recortes de revistas com espécimes que ainda não tinha capturado, anda vagarosamente para não perder nenhum detalhe à vista.

Teo não sabe ao certo quando começou essa *mania* de colecionar borboletas. Talvez, há uns três anos, por ideia de seu avô, que via em Teo um garoto diferente dos demais, viciados em *internet* e loucos por novas tecnologias.

Humberto, seu pai, não concordava muito com a ideia de ver as frágeis borboletas perfuradas e penduradas no quarto de seu filho, por isso deu a Teo uma câmera para que, ao invés disso, pudesse fotografá-las e logo após soltá-las de volta ao seu *habitat*. Seria menos cruel e mais correto agir assim.

Conforme vai entrando mais e mais na mata fechada, Teo deixa passar uma *Morpho Menelaus*, com sua cor azul metálico.

— Já tenho duas iguais a essa.

Mais adiante, sobre o tronco de uma mangueira, repousa uma *Protambulyx Strigilis*.

— Ah, não! Essa foi a última que eu peguei para a minha coleção — resmunga.

— Nada de novo!– lamenta Teo, ainda no início da sua incursão.

De repente, quando já havia pensado que voltaria para casa mais cedo, eis que avista uma que nunca tinha visto.

A tal borboleta era grande, talvez com uns trinta centímetros de envergadura, suas asas douradas e muito reluzentes e, a cada momento em que balançava as asas, saíam da borboleta pequenos relâmpagos que sumiam no ar.

— *Borboletas flamejantes*! O que é isto? — exclama Teo vendo tão rara e linda borboleta.

— Será uma *Thysania Agrippina*? Não pode ser, suas asas são prateadas e não douradas dessa forma. Quem sabe uma *Attacus Atlas*? Não! Não nesta região...

Teo acompanha bem devagar o ir e vir daquele maravilhoso lepidóptero.

Cada vez que a borboleta dourada voava ligeiro, Teo corria; quando ela pousava sobre algum arbusto, o entusiasmado menino diminuía os passos para poder pegá-la sem assustar. Mas não adiantava, quando se aproximava, aquela borboleta fugia de sua ágil rede.

Certa hora, a dourada alada voa em direção a Teo, dando um rasante bem na sua cabeça, fazendo que ele tropeçasse em si mesmo, caindo com a cara num monte de folhas no chão, lançando os óculos longe.

— Ah! é? É assim que você quer? Muito bem... agora você vai ver comigo — ameaça.

Livrando-se daquelas folhas grudadas em sua nada *elegante* capa plástica, Teo depara bem à sua frente a ponte de madeira a qual sua mãe se referira, e lembrou que ele não devia passá-la. Pousada bem em cima da corda, já na outra margem do riacho, a misteriosa borboleta o aguardava.

– Não é possível! Justamente aí que você resolve pousar?

Teo é muito disciplinado e obediente, e não costumava contrariar as determinações de sua mãe. Mas naquele momento o pobre menino, suando frio, não pensou duas vezes.

– Desta vez não vou deixar você escapar.

Teo dá seu primeiro passo à frente, muito devagar. A madeira ronca e balança a frágil ponte. Mas a borboleta nem se move.

– Calma, Teo! Calma. Bem devagar – diz a si mesmo. – Mais alguns passos apenas.

Teo prepara a rede.

A delicada ponte balança ainda mais e os estalos das madeiras torturam a paciência do meticuloso menino.

– Mais cinco passos...

Olha brevemente para baixo e vê a lenta correnteza de um pequeno braço do rio Preto.

O clima da região de Mauá é classificado como tropical de altitude, tendo verões amenos e invernos frios e secos. No inverno, de junho a agosto, a temperatura pode variar de dois graus negativos a treze graus positivos. O verão apresenta chuvas com frequência, principalmente vespertinas.

– Mais dois passos e...

Teo sente uns estalos em sua capa plástica. Volta os olhos para o riacho e repara que realmente está um pouco mais cheio *e acelerado* do que o normal. Os estalos aumentam; grossos pingos de chuva começam a cair por entre as gigantes árvores. Numa fração de segundos aqueles poucos pingos se tornam uma forte chuva.

Quando se preparava para levantar a rede, a inofensiva borboleta levanta voo mais uma vez, sentindo a chuva cair sobre suas espessas asas, rumo à densa mata. A essa altura, Teo nem ligava mais para o seu limite de se afastar da casa de seu avô, como determinara Helena.

Saiu novamente em disparada atrás daquela borboleta dourada. Até ela pousar sobre o tronco de um jovem ipê, belíssimo, branco, e com uma pequena fenda em forma de porta, que na verdade só daria para passar uma criança do *porte* de Teo.

A bela borboleta dourada nem espera por Teo e adentra por essa rachadura na árvore. O que se vê apenas são os relâmpagos que saem das asas refletindo dentro do casco do pequeno ipê.

— Agora você está cercada, minha amiguinha! — comemora antecipadamente, pois seria inevitável a captura da misteriosa borboleta, que aproveitava o lugar para se abrigar da forte chuva. — Você não tem por onde sair, não é mesmo?

E assim, Teo bem vagarosamente, entra por aquela fresta na árvore, ao encontro da sua mais nova aquisição.

— Vou aproveitar e esperar a chuva passar, espero que não demore.

De costas, Teo dá pequenos passos para trás, pensando que encostaria nas paredes internas da árvore. Mas isso não acontece. O ambiente está muito escuro dentro da árvore e Teo procura tatear até encontrar algum apoio, mas só encontra o ar.

Brilhos como *flashes* deixam Teo atordoado.

— É a borboleta dourada!

Aqueles flashes na verdade guiavam Teo por dentro da estranha árvore.

— Caramba! Essa árvore parecia menor. Estou dentro de seu tronco e ainda não me encostei às paredes!

Na verdade, aquele ipê, por dentro era estranhamente muito maior que por fora.

Finalmente, aparece à sua frente uma imagem de porta, uma fenda fora de foco. Teo sai por ela e tonto cai de joelhos no chão, e assim fica até recuperar totalmente a visão.

A imagem à sua frente volta a ficar nítida e bem devagar ele levanta.

Teo repara ao seu redor uma linda floresta. Muitas mangueiras, araucárias, bananeiras, samambaias gigantes e outras enormes árvores com cipós e outros parasitas pendurados. Não estava mais chovendo e raios de sol atravessavam as folhagens mostrando uma densa neblina.

– *Bezouros me mordam*! Onde eu estou?

O transtornado menino dá uma panorâmica e quando olha para trás, repara que a árvore por onde saíra era muito maior do que aquela na qual havia entrado. Era um gigantesco ipê, com as raízes que saíam da terra como uma muralha, era largo e parecia que a gigantesca árvore era muito antiga.

Um vento repentino começou a soprar para dentro daquele tronco e sua enorme fresta, produzindo um som comparado a um coral. Teo se envolve com tal som e, hipnotizado, com pequenos e vacilantes passos começa a andar para trás, se afastando daquela *sinistra* boca.

Sem perceber que estava na beira da raiz, Teo despenca e voa em queda livre até o chão de folhas secas e gravetos podres, que, por sorte, suavizam a sua queda.

– Pronto! Daqui eu não passo. Finalmente estou no chão.

Teo, com os óculos tortos na testa, abre a bolsa para dar uma olhada na câmara fotográfica e percebe que ainda estava inteira, com os demais utensílios.

O pobre menino não podia acreditar no que estava à sua frente, lindamente tranquila, como se esperasse por ele. A misteriosa borboleta! Pousada sobre uma bela gaiola de ouro.

— Você! — espantado o menino sussurra. — Depois de todo esse susto, você não vai fugir de mim! Ah, não!

Teo rasteja braço a braço bem devagar em direção àquela gaiola. A borboleta dourada apenas mexe suavemente as suas asas.

— Calma, garoto – diz a si mesmo, controlando a sua afobação.

Ele repara que sua rede ficara agarrada na raiz da gigantesca árvore, a uns três metros de altura.

— Droga! Agora *ferrou*. Vou ter de me aproximar mais e, com muito cuidado, pegá-la com a mão.

A meio metro da borboleta, Teo estica o braço.

— Devagar... devagar...

Sua mão treme.

— Muito bem, menina. Fique aí onde você está.

E a dez centímetros de tocá-la, a dourada borboleta solta um de seus raios e dá um choque em Teo, queimando as pontas de seus dedos.

— Ai, sua danadinha! Você me queimou! — esbraveja Teo, chupando os dedos.

E nesse momento, surpreendentemente, a borboleta levanta voo e voluntariamente entra na gaiola pela portinhola que estava aberta.

Teo arregala os olhos e num salto em direção à gaiola, fecha-a, aprisionando finalmente a *adestrada* borboleta.

— Peguei, peguei! Consegui!

O garoto dá saltos e chuta folhas secas comemorando sua mais nova peça de coleção.

Teo abraça a gaiola e dá um beijo no metal.

— Essa deu trabalho. Mas valeu à pena! — Ele prepara-se para escalar novamente as raízes da gigantesca árvore.

— Fique tranquila, minha querida. — O radiante menino conversa com a borboleta. – Daqui a pouco eu solto você, vou só tirar umas *fotinhas* suas. Demais! Vovô vai ficar feliz e orgulhoso... E o Jaca? Cara! Ele não vai acreditar!

Teo circula toda área em volta daquele imenso ipê.

– Como é que eu faço pra subir?

Não havia meios de aquele menino escalar a muralha de raiz, pois estava escorregadia, além de precisar subir apoiado apenas em uma das mãos.

Finalmente, para em frente à boca que rasga o tronco, por onde havia saído e se assusta com o som que sai daquela fenda. Na verdade, o vento que entrava por ela produzia o sinistro barulho.

– Uau! Só agora *caiu a ficha*. Que é isso?

Teo vagarosamente levanta os olhos sobre os óculos na ponta do nariz para ver o tamanho da árvore-mãe e seus olhos não alcançam o seu topo. Somente pelos espaços vazios das copas das outras árvores ele percebe que aquele ipê atravessa algumas nuvens.

Ao redor, a paisagem assusta. Bandos de morcegos frutívoros e saguis se responsabilizam pela trilha sonora.

Teo sente um frio na espinha.

– *Por mil percevejos*! O que eu faço agora?

Sob seus pés se prolonga um caminho em direção à floresta. Uma trilha que poderia levá-lo a algum lugar mais seguro, e quem sabe, que permitisse voltar ao sítio.

– Bem, se isto está aqui não é à toa – pensa, referindo-se à trilha. – Vou por aqui até encontrar alguém que possa me ajudar a sair deste lugar.

E perdido segue pelo estreito caminho em busca de alguém ou alguma coisa que o tire daquela situação.

Sua inesperada aventura apenas começava.

O desabafo de Gideão

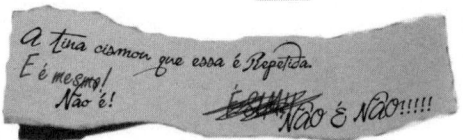

Caligo Teucer

A Tina cismou que essa é Repetida.
E é mesmo!
Não é! ~~É sim~~ Não é Não!!!!!

No castelo sobre as árvores, em um dos anexos, sentados à mesa saboreando um chá de maçã com canela, Gideão e Selena, mãos entrelaçadas, conversam:

— O que você acha que vai acontecer?

— Querida, o que eu espero que aconteça você sabe, Isabelle confia muito em mim, confia muito na profecia e que *ela* ocorra. Mas se você está perguntando para saber se estou com medo. Sim — confessa o seu querido militar. — Admito que seja muita responsabilidade. Somos poucos, muito frágeis, me sinto extremamente cobrado em algumas vezes. Mas quando penso em você, minha adorada esposa, além da fragilidade de nosso povo, injeto uma dose de adrenalina em minha mente e não me permito continuar sentindo essa insegurança...

— Que isso, Gideão! —interrompe Selena. — Você é um Nin, não há mal algum em sentir medo. Todos nós sentimos insegurança, às vezes, isso mostra que somos normais. Permita-se ser frágil uma vez na vida! Não se cobre tanto, meu amor. Apesar de tudo, eu o amo e confio em você. Não se sinta frustrado. Nesses momentos, conte comigo e com seus amigos. E nunca se esqueça de Únitri! Quantas vezes você testemunhou o quanto nosso Deus o protegeu e livrou de outras situações? Vamos lá, levante-se, passe uma água no rosto e vá se encontrar com Ícaro e Baruch, o último escriba.

— Obrigado, Selena. Suas palavras ajudam a me acalmar. Mais até que este delicioso chá. O que eu seria sem você comigo? Louvo a Únitri por todos esses anos juntos.

Gideão sai ao encontro daqueles dois que somariam na longa jornada à Terra do Contra.

Selena precisava contar algo que guardava em segredo já havia algum tempo, mas pelo momento que Gideão estava passando, além das suas obrigações e preocupações, ela esperava um momento melhor para lhe confessar esse segredo.

O segredo de Tina
Ser jovem de novo

Colias lesbia

Uma das Minhas Favoritas.
Ela é Pequenininha.

A CHUVA ESTÁ MAIS intensa no sítio de Guiot e Ayra, isso porque, misteriosamente, Visconde de Mauá está completamente seca.

O celular de Tina toca, há mensagens recebidas.

"Obrigado, amiga, você podia ter sido mais sincera comigo. Descobri o que houve. Nada de Léo."

Tina empalidece.

A sua melhor amiga certamente descobriu que o que ela havia dito sobre ter saído com Léo não era verdade.

– O que houve, menina? Que cara é essa? – indaga Helena preocupada com o morder de lábios de Tina, característica óbvia de que cometeu alguma mancada.

– Nada não! Só queria agora ser um avestruz e enfiar a cara na terra. Quero sumir! Me deixa, vai!

Tina corre pelo corredor em direção à sala de estar. Ela para no meio da sala e repara no cenário que a reporta a uma época que fazia questão de esquecer. Albertina, ainda com pequenos e vacilantes passos, seus alegres gritos ecoando e indo de um canto para outro daquelas paredes segurando nas coisas para não cair, enquanto Ayra brincava de *pega-pega*.

O piso de taco perfeitamente encerado, cortinas com bordados e bandô decorado com miçangas brancas e azuis, formavam lindas borboletas. O conjunto de *solitário e namoradeira*, no qual os donos da casa adoravam sentar, está coberto com algumas almofadas feitas de *fuxico*, somente para cobrir os pequenos rasgos, no teto o delicado lustre com gotas de vidro pendurado no rebaixamento de um envernizado lambri.

A cristaleira ficava entre a televisão a cores – o único objeto que nos reporta à modernidade – e o *criado-mudo* que sustenta o telefone de madeira e ferro e a tartaruga embalsamada que servia como cinzeiro, um mórbido presente que nunca fora usado.

Na parede, quadros da paisagem de Mauá assinados por Ayra e fotos *preto-e-branco* do casal, coloridas à mão, cobrindo o já desbotado papel de parede floral. Sobre a estante, livros e mais livros, de Delta Larousse a Machado de Assis, passando por Richard Bach, Exupéry e Max Lucado, o impecável *pequeno jornaleiro* que nunca se cansa de gritar "Extra! Extra!", e a rara coleção de vinis 48 rotações além dos Paul Mauriat, Billy Vaughn, Nat King Cole ao lado de Roberto Carlos e Julio Iglesias.

Mas o que mais impressionava Tina não era o que via, mas sim o aroma de antiquário, como se estivesse numa daquelas lojas na rua do Lavradio, no centro do Rio de Janeiro.

Ela senta no sofá e chora baixinho, nem percebe os silenciosos e delicados passos que chegam até ela. É Ayra, pronta a lhe falar.

No primeiro minuto, a doce avó somente acaricia sua cabeça, depois, puxa o *puf* que Guiot costuma colocar os pés para ver TV e senta à sua frente e, segurando as suas mãos, troca algumas palavras.

– Quem começa? Eu ou você?

Tina se nega a olhar para aquele rosto com traços indígenas. Sabia que os olhos de sua avó captavam a verdade mais que escondida. Apenas soluçava ao borrar seus olhos com o pesado lápis preto após o derramar de algumas lágrimas.

– Eu menti, vó.

Ayra sorri de canto de boca, suspira e levanta o rosto delicadamente de sua neta.

– Todos nós mentimos, meu amor. Alguns dizem que não mentem, e sim omitem. Mas é quase a mesma coisa.

— Mas eu menti mesmo! Inventei uma história de algo que eu nunca fiz, envolvi outras pessoas para me fazer passar por alguém que na verdade eu não sou.

— Albertina. Nós nunca somos aquelas pessoas que queremos ser. Sempre falta alguma coisa. Podemos ter aquilo que queremos ter, mas ser a pessoa ideal que sonhamos, isso é muito difícil.

— Eu tenho certos problemas, vó. Eu não consigo me relacionar com as pessoas no colégio. São tão fúteis, superficiais...

Interrompe Ayra:

— Peraí, Tina. Isso nem sempre foi assim. Você mesma já trouxe algumas de suas amigas para cá durante as férias de... Qual foi o ano mesmo?

— Vovó, já tem uns três anos isso.

— Pois bem. Mas você tinha muitas amiguinhas, e não me parecia superficial ou falsidade a relação entre vocês.

Os jovens que utilizam a mentira por interesse, assim agem para tentar melhorar sua autoestima, para justificar suas faltas, para ficar bem com os parentes, e, quando descobertos em flagrante, costumam negar que estejam mentindo.

Os adolescentes possuem uma noção melhor da realidade e das normas sociais, ao contrário das crianças que, na sua maioria, a mentira não se distingue da fabulação. Por este motivo, a mentira não pode ser interpretada, unicamente, como uma expressão de fantasias.

Em primeiro lugar, deve-se observar a frequência que a mentira ocorre. Enquanto ato isolado, diante de uma situação difícil para os jovens, os pais devem ouvir o filho para entender o motivo que o levou a não dizer a verdade. Sempre o incentivando a lhes falar, sabendo que, apesar das consequências e possíveis castigos, nunca deixarão de amá-lo.

A mentira pode aparecer como uma forma de defesa, culpa,

medo de repreensão ou vergonha. Adolescentes podem mentir para os seus amigos como forma de serem aceitos no grupo.

Quando o ato de mentir se torna mais frequente, chegando até a distorcer os fatos, os pais devem se preocupar e procurar acompanhamento psicológico. A mentira constante pode indicar graves questões emocionais e, talvez, conflitos familiares.

Mentir nem sempre sinaliza caráter duvidoso, até porque na infância e adolescência, questões de caráter ainda estão em formação. Porém, se não trabalhado, pode levar a consequências sérias de personalidade que irão atrapalhar em futuros relacionamentos.

— Nós sabemos que você ainda sofre muito a morte de seu pai, Tina. Sei que é difícil de superar, mas, mais cedo ou mais tarde você vai dar conta que a vida segue e tudo faz parte da experiência de vida que temos de passar. Todos nós nascemos e haveremos de morrer um dia.

— Mas, vovó. O terrível disso tudo é a forma que as coisas acontecem. Não precisava ser daquele jeito! Onde é que Deus estava naquela hora?

— Albertina, minha querida. Deus estava pegando seu pai pelos braços. Eu tenho certeza disso! Você também se interessava pelos conceitos religiosos de Humberto. A Sua obra, Sua promessa, a Salvação em Jesus para aqueles que creem, coisas desse tipo. Então? Faça esse esforço. Não se vença pelo desânimo! Você está muito deprimida, só veste essas roupas sombrias, nunca tira o lápis preto do olho e o batom escuro da boca! Fica cabisbaixa e passa a terrível impressão de que quer fugir do planeta em que você vive.

Ayra sabe bem como é esperar a morte. Guiot lhe contou histórias sobre *certa cidade* em que as pessoas, quando nascem, logo ficam sabendo se irão viver muito ou pouco. E que por mais que tais habitantes dessa cidade sejam pessoas alegres e dinâmicas, no fundo, em seus corações, arde a triste certeza dos contados dias de suas vidas.

O silêncio toma conta daquela sala de estar.

Ayra abraça sua neta e sussurra uma singela canção de ninar indígena; solta seu avental ainda limpo e, com ajuda das lágrimas de Tina, retira aquela grossa maquiagem. Seria a última vez que veria sua neta usando aquelas pesadas cores em seu rosto.

— Quando chegar à cidade na segunda-feira, conte toda a verdade para a sua amiga. Seja transparente com seus amigos, e assim poderá exigir que sejam transparentes com você. Agora, vamos! Pega um guarda-chuva e vai chamar Theodoro pro almoço, já faz tempo que ele saiu e até agora nenhum sinal dele.

Mais aliviada, Tina volta pelo corredor que liga a sala à cozinha, e sai pela porta dos fundos que dá na grande varanda em direção ao quintal de seus avós.

— Prepare-se. Daqui a pouco Tina vai voltar — sussurra Ayra, passando por trás de Guiot enquanto desenformava o pudim.

— Onde será que está aquele menino? — Helena indaga olhando através da cortina de renda da enorme janela em frente à pia, enquanto lava o restante da louça.

Tina passa pelo gramado nos fundos da casa, pela gangorra molhada, chega às primeiras e mais novas árvores.

— Pirralho! Cadê você? — segura na corda do balanço de pneu e evita dar mais um passo sem que seu irmão responda a sua voz.

—Theodoro, seu moleque irresponsável! Helena tá chamando! Hora do almoço!

Naquele silêncio, Tina avança mais um pouco até chegar à ponte de cordas.

— Teo foi avisado pra não passar daqui... Ah, seu moleque... mamãe vai ficar furiosa com você! — Tina corre debaixo daquela chuva constante de volta a casa.

—Vovô, nada do Teo!

— Ai, meu pai! Eu sabia!

— Calma, Heleninha. Eu vou atrás dele, não se preocupe. Não está tão tarde assim e acredito que Teo não poderia ter ido tão longe —afirma Guiot, piscando um olho para Ayra.

Aquele velho homem sai pela porta dos fundos em direção à garagem, que na verdade funcionava mais como um depósito.

Um velho relógio carrilhão, duas bicicletas quebradas, pipas prontas para serem soltas, caixas e mais caixas com pregos, parafusos e ferramentas, dois caniços com molinetes, uma tarrafa e alguns puçás pendurados no teto e três gaiolas, ambas cobertas por um grosso veludo.

Guiot percebe que o carro de Helena não está trancado e entra, silenciosamente destrava o freio de mão e levemente o empurra para trás.

— Mais um pouco, mais... Ah, minhas forças! Eu já empurrei e carreguei tantas coisas pesadas, já *domei* tantas libélulas com minhas mãos e agora não vai ser esse carrinho que vai me deixar *pra baixo*.

Aquele forte senhor afasta a *Quantum* de Helena da parede e tira o tapete de borracha que cobre uma pequena portinhola que dá num secreto pavimento subterrâneo debaixo da garagem. Lentamente, ele desce a apertada e irregular escada.

Enquanto suas pupilas se acostumam à escuridão quase absoluta daquele minúsculo quarto, ele tateia à procura de um interruptor. Finalmente, o cuidadoso ancião acende uma lâmpada de quarenta watts envolta por uma grossa camada de teias de aranha.

— Como esperei por entrar novamente aqui — Guiot sussurra para si mesmo.

Aquele homem, com mãos trêmulas e olhar lacrimejante, retira de seu pescoço um colar de couro, adornado com um fio dourado, e segura o pingente – que na verdade é uma chave – em forma de duas claves de *dó* postas de costas uma com a outra, dando a forma de uma delicada borboleta. Abre uma maleta de couro bruto com cantoneiras douradas e um brasão estampado com a mesma forma da chave – as claves de *dó*. Guiot abre o fecho da maleta, retira um pequeno par de sandálias de couro, uma bermuda de linho e uma *bata* de flanela.

– Isso deve bastar para apenas um dia.

O avô de Teo abre a blusa e analisa o estado, deixando claro que aquele número de roupa é bem menor que o seu tamanho.

No fundo daquela maleta há uma bolsa de couro fechada por uma fita dourada, nela contém um pião, uma atiradeira, algumas moedas e cinco pedrinhas esféricas do tamanho de *bolas de gude*. Mas o objeto mais precioso estava no fundo falso daquela maleta, um livro de capa dura, com letras florais e douradas escrito "Sepher--Qãdõsh, O Santo livro".

Guiot abre e folheia algumas páginas do pesado livro, separado em capítulos, os primeiros chamados AS TRÊS CARTAS DA CRIAÇÃO; depois o HUQQÃH, que significa "estatuto", contendo leis e tratados de um deus chamado *Únitri* para com certo povo; o terceiro capítulo se chama *POTE*, que conta a história de antigos reis e outros personagens do passado desse mesmo povo; o quarto capítulo, chamado RANÃN, extremamente poético, contendo letras de algumas canções oferecidas a Únitri; e por último, o profético, denominado NÃBÃ, onde se encontra a "Profecia do Enviado", entre outras, mas é justamente nesta profecia que Guiot resolveu parar e ler.

Mais uma lágrima rolou em sua rosada face, terminando na curta barba grisalha.

O velho homem ajoelha no chão e ora baixinho, no meio de um derramar de lágrimas e risos incontroláveis.

Em sua mão direita, o *Santo Livro* fechado e na sua mão esquerda, uma embaçada e descolorida foto. A imagem de um casal, com idade aparentemente avançada, ela mais baixa e mais nova que ele, e ambos com o mesmo colar de couro com pingente de borboleta.

—Caramba! – Helena exclama. – Papai tá demorando! Será que *aquele homem* sumiu também?

– Calma, minha filha. Seu pai foi pegar umas coisas na garagem e já deve estar voltando.

– Pronto, meninas! – Surpreende Guiot na janela em frente à pia, assustando Tina que estava lavando uns talheres. – Volto assim que encontrar Teo, ele não deve estar muito longe de Visconde de Mauá.

– Para com isso, papai! Não vejo graça nenhuma nisso!

Albertina finalmente abre um sorriso, compreendendo que seu avô havia feito uma brincadeira.

– Calma, mamãe – consola Tina, enquanto enxuga as mãos no avental que Helena está vestindo. – Aquele velho tá só brincando.

Ayra pega um guarda-chuva e vai ao encontro de seu marido. No gramado dos fundos, os dois se abraçam longamente e beijam a testa um do outro.

– Força e paz, *filhinha*. – Com uma piscadela de olho, Guiot fala baixinho, ainda abraçado a sua amada.

– Até logo, *filhinho*. – Ayra acaricia a face de Guiot, repetindo o apelido que se faziam desde quando começaram a namorar.

Guiot apanha a maleta que havia posto no chão e se afasta da casa.

– Vamos lá, meu garoto. Vai cumprir sua missão! – Ayra fala sozinha enquanto vê seu amado sumir por entre as árvores de seu quintal, segurando o guarda-chuva que ela havia pegado.

– Sai da chuva, mamãe! Vou pegar uma toalha. – Helena grita de dentro da casa, fazendo que Ayra acorde e volte a lentos passos, de costas, para onde sua filha e sua neta estão.

Guiot conhece bem os caminhos de sua propriedade, e assim ele chega correndo à ponte de madeira. O riacho agora carrega um volume de água bem maior que o normal. Ele apenas olha para baixo e toma um breve fôlego.

— Não imaginei que essa maleta ia pesar tanto com o passar dos anos!

Guiot pega um lenço para enxugar o ensopado rosto e óculos e num segundo, uma rajada de vento o leva para uns metros dali, na margem esquerda do riacho, mais abaixo de onde ele estava e impossibilitando que o resgatasse.

— Por Únitri! Esse lenço poderia ser útil pra mim. Bem, isso não pode me atrasar.

Mais alguns passos e ele depara com um pequeno ipê, o único ipê branco de seu sítio. Ele fecha lentamente o seu guarda-chuva encostado no tronco da árvore, como se não fosse mais precisar usá-lo.

— Não há mais tempo a perder.

Guiot olha ao redor para ver se alguém poderia estar vendo o que haveria de fazer, que no mínimo seria estranho — entrar no tronco de uma árvore.

— Ah, que droga! Pra sair é tão fácil! Anos atrás era bem maior. — Guiot reclama o aperto que tem de passar enquanto entala naquela pequena abertura no tronco do jovem ipê.

De repente, a escuridão.

E com ela o silêncio.

Não se ouve mais a chuva, não se ouve mais o canto dos pássaros, só se ouve os passos daquele homem dentro do que parecia um pequeno tronco de árvore.

Quando seus olhos enxergam a claridade que vem de fora, ele acelera os passos e corre em direção à luz, a saída.

Num gesto acrobático, aquele velho homem salta da boca da árvore, passando por sobre as grossas raízes e cai a salvo no solo que estava a uns quatro metros mais abaixo. Ele sacode a poeira da roupa, ajeita os óculos que estavam na ponta do seu nariz e olha para trás vislumbrando aquela monstruosidade de árvore tocando as nuvens no céu.

— Aí está você, Dendron. Quanto tempo, hein? — Guiot bate em uma das suas raízes. — Quantos meninos e meninas você engoliu desde que eu saí daqui?

Os sons da nebulosa floresta se misturam aos sons de passos quebrando gravetos e arrastando folhas secas.

— Quem poderia ser? — Guiot fala para si mesmo, correndo para trás de uma das gigantescas raízes, com intuito de se esconder, seja de quem for.

Seu coração bate forte. Não há como abrir a mala e pegar a sua atiradeira e as pedras.

O barulho de passos se aproxima cada vez mais.

— Por que deixei aquele bendito guarda-chuva para trás?

Quando ele levanta a maleta de couro bruto por cima da sua cabeça, com a intenção de machucar a quem ou o que poderia vir ameaçá-lo, aparece à sua frente o focinho de um manso cavalo.

— Ah! Então é você? Eu havia me esquecido!

Com o coração ainda pulsando mais do que devia, porém mais aliviado, Guiot sobe no cavalo e põe a maleta na bolsa lateral da sela.

— Hum, muito obrigado, Akribes. Você imaginou que eu estivesse com fome. — Guiot apanha uma bela maçã numa sacola de estopa.

Enquanto morde a maçã, Guiot esbofeteia levemente o pescoço do seu cavalo e sai por entre as árvores de Anthos, seguindo um caminho que tinha a certeza que já havia feito.

Seus cabelos cacheados ao vento, sorriso estampado na face, já não há mais barba.

A cada minuto de galope suas rugas vão sumindo e o grisalho desaparecendo.

Ele começa a ouvir a doce música.

— Vamos, meu amigo!

Seu ombro fica à mostra devido ao tamanho da camisa que está mais larga. Guiot levanta os dois braços num ato de total liberdade. As lágrimas voam ao ar. Suas pequenas mãos lisas e sem manchas agarram a correia e ele se agacha levantando o quadril como um notável jóquei.

— Há, há, há! — Gargalha o jovem *moleque* num galope veloz. — Vamos! Você conhece o caminho!

A música está mais alta, a estrada agora tem tijolos e Guiot reduz a velocidade de seu cavalo. Logo em frente uma rua transversal ao seu caminho.

O menino Guiot para atento ao ir e vir daquelas pessoas. Jovens, outras crianças e alguns idosos.

— Há quanto tempo. É claro que ninguém irá me reconhecer.

Ele desce da sela e deixa o seu cavalo debaixo de uma carregada mangueira.

— Pronto, meu amigo. Obrigado pelo passeio. Está livre agora.

Toiug, como haveria de se chamar a partir de agora, volta-se para trás da mangueira e troca de roupa. Ele agacha, abre a maleta e pega as peças que ficam justas em seu manequim.

A visão era perfeita, cipós ligavam as varandas e as sacadas das casas da árvore. Pontes suspensas serviam como atalhos, mas nas estreitas ruas no chão de tijolo vermelho circulavam carroças, carrinhos, bicicletas e triciclos. O trânsito da Vila Nin havia aumentado, e muito.

— Por Únitri, isto está um caos!

Toiug acelera o passo em direção à praça central, onde alguns *Hillawehs* tocam canções, ao som de alaúdes, tambores, cornetas e gaitas de fole.

Faltando uns trinta metros para chegar à praça, uma adolescente olha para ele com olhar desconfiado.

— Toiug? — pergunta a jovem. — É você, grande mestre? Desde que o senhor entrou por esta rua estou observando-o e...

— Sinto muito, *minha senhora* — interrompe ele. — A senhora deve estar me confundindo com alguém.

Toiug acelera o passo com a cabeça baixa, virando à direita na estrada larga rumo ao castelo na árvore.

— Essa foi por pouco! Já deve estar quase na hora da apresentação dos voluntários, preciso correr antes que alguém se apresente no meu lugar.

Uma análise da profecia
Uma vila encantadora

Danaus plexippus erippus

Vovô disse que o apelido dessa aqui é Monarca. Muito melhor de se falar do que o nome dela!

No pátio onde os soldados Nins praticam *ordem-unida*, Gideão se encontra com Ícaro.

Ícaro é amigo de infância de Gideão, se formaram juntos na mesma academia militar, sendo que se especializou nas técnicas aéreas sobre ataque, sobrevoo analítico, memória fotográfica, amansamento e domínio de libélulas, espionagem em alta e baixa velocidade, e tantas outras matérias específicas na função de Comandante dos Voos e Guardião de Libélulas.

Gideão abraça seu amigo que há muito não vê.

– Que é isso, Gideão! Cuidado para não amarrotar a farda – reclama Ícaro com seu impecável traje de voo que inclui par de luvas cortadas nos dedos, um lenço azul no pescoço, óculos na testa e uma boina com um broche em forma de libélula.

– Meu caro amigo, quanto tempo! – saúda Gideão. – Preparado para mais uma aventura juntos?

– Quer dizer que é verdade... É chegado o grande dia, não é mesmo? Sim, estou pronto.

Por mais que os dois amigos fossem extremamente íntimos, Ícaro era meio reticente quanto à Profecia. A ideia sobre Únitri ainda não era bem aceita. Gideão não o culpava, afinal Ícaro era o melhor em sua turma em ciências exatas e filosofia. A experiência em acampamentos de sobrevivência foi fundamental para que Ícaro formasse uma ideia de um *deus em todas as coisas*, racional, mas sem propósito. Afinal: Deus para salvar do *caos eterno*? Como e para que, se não acreditava nesse *caos*?

O amor entre amigos estava acima da intolerância religiosa.

Logo adiante, entra pelo portão lateral um garoto em correria. Morador da vila, Baruch tropeça em seus cadarços e desliza até onde os dois militares estavam.

— B-Bom dia, se-senhores — diz o ofegante jovem, sacudindo a poeira de sua roupa.

Ícaro olha para Baruch *de cima em baixo*.

Deixe-me apresentá-lo, Ícaro. Esse é Baruch; Baruch, meu amigo Ícaro.

— Mui-to-to pra-prazer, s-senhor — cumprimenta o atrapalhado jovem.

— Muito prazer, meu caro.

— Baruch fará parte da equipe que irá até a Terra do Contra, no castelo de Leordo, acompanhando o Enviado.

— Ma-mas se-senhores, co-como asssim "Te-terra do-do Co-contra... Profe-fecia... Le-leordo?"

Realmente o *convite* era novidade para o assustado escriba, até mesmo porque ele não era leitor assíduo do *Sepher-Qãdõsh, O Santo Livro*. A Profecia não falava sobre que qualidades aqueles que receberiam a missão teriam, muito menos suas atribuições.

Enquanto passeiam pelo pátio, fugindo do aglomerado de pessoas ou das salas no castelo, numa tentativa de deixar secretos os planos para um possível traidor, Gideão explica mais detalhadamente o que está acontecendo.

— Os senhores conhecem bem a Profecia. — Gideão tira do bolso uma cópia da página. — Deixem-me explicar os passos que conhecemos, pelo menos até agora.

...E no dia em que cedo virá a noite, o Enviado virá com ela.

– Está bem claro que se refere a um eclipse. Estamos exatamente neste dia. Um eclipse total está pra acontecer em poucas horas. Sendo assim, acreditamos que a vinda do Enviado está para hoje.

Com o pequeno trovão capturado. Tão bela.

– Fomos orientados pelo sacerdote a soltar uma de nossas borboletas mascotes dentro de Dendron, a árvore-mãe, como um tipo de isca para atrair a atenção do Enviado até vir a nossas terras – explica pacientemente Gideão aos olhos e ouvidos atentos de Ícaro e Baruch. – Levamos a mais bela, da espécie *ãrôn*, a dourada.

Pronto a amar e lutar pelo povo que não conhece.

– Ainda não completamos o significado do início desta frase profética, mas compreendemos que a finalidade seja de que ele irá lutar conosco e por nós.

Sete jovens para acordá-lo com uma simples prece.

– Aqui vimos com clareza que seremos num total de sete. Eu, o Enviado, é claro, e você Baruch. Os demais serão ainda apresentados.
– Ma-mas Gi-gideão, ou melhor, sssenhor. Co-como po-poderei eu aju-judar? Não co-conheço na-nada sssobre táti-ticas de guerra?
– Baruch, você é uma das pessoas mais importantes para essa maravilhosa missão. Todos sabem sobre o incêndio que houve ontem numa das salas do castelo. Pois então, todos os mapas que nos levam à Terra do Contra, e naturalmente, ao Tempo de Leordo, todos eles, inclusive os que estavam no arquivo secreto, foram destruídos, com exceção do último.

— Que bom, meu amigo — antecipa Ícaro. — Então nada irá nos impedir de chegar seguros à Terra do Contra.

— Não comemore ainda, Ícaro. Este foi simplesmente furtado! E o pior, por um de nós!

— Meu Únitri! — exclamam juntos Ícaro e Baruch, como se tivessem ensaiado.

— Como assim, Gideão?

— Na análise que fizemos, ficou claro, pelo tamanho das pegadas deixadas na sala dos mapas, que foi um *Nin* que invadiu e cometeu esse crime terrível. Além do mais, com a porta trancada, só haveria uma entrada de acesso: A escotilha de ventilação no teto da sala. E por ela, não adianta, pelo tamanho só mesmo um de nós poderia passar.

— Q-que de-decep-pção!

— Que coisa abominável!

— E você, Baruch — completa Gideão — como foi o último a desenhar detalhadamente o mapa, imaginamos que pudesse lembrar-se de algo.

— Lemb-brar? Co-como assssim lembrar, ca-caro sssenhor? Eu nunca me-me esssque-queci! Eu co-conheço ca-cada curva, ca-cada pi-pista, ca-cada letra, ca-ca...

— Deixa pra lá Baruch — interrompe Gideão incomodado com a gagueira de seu mais novo aliado. — Já entendi!

— Po-podem contar co-comigo, sssenhores.

— Muito bem. Com o mapa em mente e o caminho certo aonde irmos, além das libélulas gigantes, poderemos chegar bem antes dos nossos inimigos, que, por sinal, já estão marchando até Leordo. Bem, vamos prosseguir.

Dois semelhantes escolhidos e marcados
Nas mãos para levantar o gigante cansado.
Um virá da árvore e o segundo do povo
Que há muito não vê, ser jovem de novo.
O ancião com dois caminhos a escolher.
Suas mãos nos olhos e um nome a dizer.

— Essa é uma das partes mais intrigantes da Profecia — afirma Gideão coçando a cabeça. — Segundo Sacerdote, outro Nin possui a mesma marca em uma das mãos. A marca de um olho. Porém, o que mais intriga é o fato de que nós, durante todo esse tempo e durante os censos realizados a cada dez anos, nunca descobrimos essa segunda pessoa. Como poderiam duas pessoas diferentes ter a mesma marca de nascença? — Gideão dá alguns passos, circulando os seus companheiros. — Um virá da árvore. Sim, o Enviado. E o segundo do povo. Óbvio, da vila! Mas até hoje não encontramos ninguém...

Mas Gideão — Ícaro argumenta. — Observe o que a Profecia diz: *Que há muito não vê, ser jovem de novo*. O segundo personagem pode até ser um dos nossos, mas está ausente faz tempo, ele não "está" na Vila Nin. Pode ser que apareça ainda, mesmo que de última hora.

— É verdade, meu caro amigo. "Que há muito não vê" tudo bem, mas... "Ser jovem de novo"? Bem, deixemos as dúvidas e prossigamos com a nossa Fé.

Com três heróis da Vila há um vilão
Que se oferecem para a batalha sem nenhuma ambição.

— Essa parte é bem clara. Diz sobre o voluntariado. Mas nos faz levantar suspeitas sobre quem irá nessa batalha. A profecia nos atenta a vigiar inclusive a nós mesmos. E o mais importante, nenhuma *glória* será dada aos bravos guerreiros. Serão honrados, sim. Serão recebidos como heróis ao final dessa batalha e confio que vai dar tudo certo. Mas a *glória* maior sempre será atribuída a Únitri. Seus passos serão guiados por Únitri e suas vidas vividas para Únitri.

— Gi-Gideão, meu sssenhor. Quantos e que-quem está certo pa-para ir à bata-talha?

— Bem, Baruch: Você e eu, Ícaro ficará por aqui, Yãmin também irá conosco e com isso somos três. Mais o Enviado, quatro, e os outros três voluntários, sete. Cada um deve ter, segundo minhas especulações, uma função ou uma necessidade para esse feito. Únitri deve usar o talento individual, um dom específico de cada um dos escolhidos para ser usado nessa batalha. Não tenho dúvidas disso! Bem, só nos resta o final do texto:

Com o Som de Únitri e brinquedo salvar os demais.
A seguir com suas vidas às avessas, incertas jamais.

— Vimos aqui que é certa a vitória. Voltaremos a dormir em paz, criar nossos filhos, sonhar com nossos projetos e viver na *forma* que nós sempre vivemos, na *Inversidade*, desde que não saiamos dos arredores de Nin.

Desde o princípio da civilização Nin, os antigos profetas, orientados pelo Espírito de Únitri, escreveram as *Três Cartas da Criação*, os três primeiros capítulos do *Santo Livro*. Nelas há as primeiras normas e doutrinas a serem obedecidas por todos que seguem sua *religião*, a do Deus Único e Trino.

Em Bereshit, a primeira carta, Únitri revela a necessidade da música contínua nos arredores do arraial, e essa música só poderia ser tocada por um grupo seleto de músicos, os *Hillawehs*, os "zeladores" da vila.

Únitri determina nessas cartas o culto, a comunhão e **principalmente** a necessidade de se manterem sempre crianças. Isso explica por que esse *jovem* povo sempre é gentil, humilde e ingênuo. O impressionante, para não dizer "sobrenatural" ocorre na parte física dos cidadãos.

Quando um bebê Nin nasce, toda família se reúne sete dias após o parto, na *Noite Inversa*, para a apresentação da criança. Para muitos, é uma data comemorativa, se juntam toda a família, parentes e amigos, oferecem boa comida e suco de frutas, coquetéis e presentes ao novo cidadão, pois nessa noite, influenciada pela música ambiente em toda a cidade, como que por um *encanto*, a criança se transforma lentamente em um adulto. Ela recebe um nome e, dependendo da sua aparência, a família então sabe que terá vida longa. Quanto mais velha ela aparentar, mais motivo para comemorar a sua longa vida.

O mesmo não ocorre quando a criança, durante essa mágica noite, se transforma num jovem ou em alguém de meia-idade. O brilho nos olhos dos familiares não é o mesmo, os sorrisos são mais contidos pelo fato de perceberem que, pela sua aparência, aquele *ser humano* tem poucos anos de vida.

Alguns Nins que não seguem o conceito de Únitri e naturalmente não entendem a *Inversidade*, se revoltam e fogem da cidade ficando sob o efeito natural de crescimento e envelhecimento. Outros até ficam na vila, mas se abstêm de qualquer conceito religioso para as suas vidas, e apenas aceitam suas condições.

— Muito bem, caros amigos, vamos ao palácio. Está quase na hora da apresentação do grupo de heróis — diz Gideão ao término daquela breve reunião. Ao fundo, o primeiro toque das trombetas no topo do castelo chama a atenção dos oficiais e cidadãos Nins.

No céu, algumas libélulas gigantes alçam voo de aquecimento e alongamento de asas, e passam rasante sobre os três jovens.

A vegetação já estava mais rasteira e Teo agora se encontra a salvo numa calçada de tijolos maciços. À sua frente, o trânsito de carroças, bicicletas e transeuntes daquela pequena vila.

– *Formigas saltitantes*! Que lugar é esse?

Casas nas árvores e no térreo, algumas lojas como confeitarias, açougues, *bombonieres* e bazares davam o ar de um próspero e charmoso centro comercial.

Uma verdejante colina podia ser avistada no fim da rua principal que era cortada por pontes de cordas, além de algumas rampas que saíam pelas laterais da pista. Mais à esquerda uma série de enormes árvores, muitas delas araucárias, ipês e mangueiras, davam uma leve noção de como a natureza abundava naquele lugar. Teo ajeita os óculos com o dedo e semicerra os olhos para vislumbrar à direita uma série de cachoeiras com enormes quedas, – Inacreditável existir um lugar deste!

O sol estava a pino, e por causa disso, Teo se lembra que precisa encontrar uma saída daquele lugar, por mais lindo que fosse, pois já seria meio-dia e sua família estava esperando-o para o almoço.

À sua frente, em uma pracinha com um belo chafariz, um grupo de músicos tocava alegre algumas canções, a banda era composta por estranhas cornetas, alaúdes, gaitas de fole e caixas de guerra. A água que jorrava pelo chafariz era cristalina e num gesto inusitado, até mesmo por causa da enorme sede que sentia, Teo se aproxima da fonte e se curva para beber um pouco daquela maravilhosa água.

– Ei, espere! – Um dos músicos chama por aquele misterioso visitante. – Tome, estranho. – O rapaz deixa o seu tambor de lado e oferece a Teo uma caneca de barro.

– Obrigado.

Teo retira a desnecessária capa de chuva e afunda a caneca, a ponto de enchê-la e saboreia a deliciosa e fresca água.

– Eu sou Teo, e qual o seu nome? – Teo educadamente pergunta.

– Ed.

Algo estranho vem aos olhos daquele jovem que observava Teo saciar a sua sede. Enquanto lentamente Teo bebia da água, rápidas imagens corriam na mente daquele músico. Ele se apoia na mureta da fonte parecendo que iria cair.

São imagens desconexas: uma borboleta dourada e pequenos relâmpagos, crianças correndo, um pião em uma das mãos, um velho com um bebê no colo.

– Por Únitri, o que há comigo? – O desorientado jovem resolve sentar na mureta.

– Tudo bem com você? – Teo acaba de beber a água e percebe o mal-estar do seu estranho e mais novo amigo.

As estranhas imagens ainda passam aceleradas na mente daquele jovem: garotos montados em gigantescas libélulas em pleno voo, um cavaleiro segurando um mapa, figuras de olhos nas palmas de duas mãos.

Quando Teo segura o braço do cambaleante músico, uma luz forte e branca vem aos seus olhos e, como um choque, o rapaz se esquiva de Teo e cai sentado no chão.

Os músicos param de tocar. O silêncio toma conta da praça e todos os que por ali passavam olham assustados para a cena que ocorria.

– Tudo bem! – responde nervoso. – Está tudo bem!

Sem entender direito o que estava acontecendo, Teo põe sobre a mureta da fonte a caneca e tenta levantá-lo.

– Tudo bem, eu já disse. Deixa comigo. Não precisa.

Envergonhado, pois todos que passavam olhavam para ele, Teo pega a gaiola que pusera sobre a mureta e sai com passos apressados dali.

– Obrigado pela água.

Teo se afasta sem olhar para trás.

— É ele! — Ed sussurra para os demais músicos. — É ele. Vamos! Louvemos a Únitri! Louvemos ao Senhor! — Uma alegria enorme brota naquele que parecia o líder dos músicos. Seus sorrisos não cabem em suas faces. E, então, a música volta a ser tocada na praça do chafariz daquela pequena vila.

Seus pequenos passos estão sendo acompanhados atentamente por um rapaz fardado. Ainda *boquiaberto*, Teo parece não acreditar que tal lugar exista.

— Vovô nunca me apresentou esse lado de Mauá.

Teo achava que, mesmo atravessando aquele ipê e passando pela densa floresta, ainda estivesse nos arredores da Vila de Mauá.

O guarda acelera o passo e se aproxima de Teo, que não reparara que estivesse sendo seguido.

As pessoas, principalmente as *aparentemente* mais jovens, olhavam para ele espantadas.

— Bom-dia. Bom-dia...

De repente, tocam-lhe o ombro direito, impedindo que desse mais um passo. Abruptamente, Teo vira para trás e assustado deixa cair a gaiola coberta pelo veludo vermelho.

— Ei! Calma aí! Olha o que você fez. Quem você pensa que é? Seu... — Teo lê o distintivo do soldado que o abordou. Yãmin. — Seu Yãmin!

Somente nessa hora é que Teo repara que o guarda é um homem, e logicamente, bem mais alto que ele.

— Perdão, soldado. — Teo se agacha tateando o chão até pegar a gaiola e ajeita os óculos caídos sobre o nariz, sem tirar os olhos do tranquilo militar.

— Nada disso, meu senhor, eu é que peço desculpas por tal bruto gesto. Mas passando por aqui, durante a minha ronda, pude reparar que o senhor está com ar meio que perdido. Ou será que estou enganado?

———— Alexandre Monsores ————

Yãmin não tirava os olhos daquela gaiola.

– Primeiro, vamos acabar com essa de senhor, está desculpado. Segundo, estou completamente perdido e você pode me dizer que lugar é esse e como eu faço pra sair daqui o mais rápido possível? Preciso voltar para a casa do meu avô e o pessoal lá deve estar preocupado comigo. Hum, bendita hora que eu fui atrás desta borboleta...

– Onde você encontrou esta gaiola, menino?

Teo abraça a sua preciosa peça.

– Bem, a história é longa e meio engraçada, quer dizer, engraçada não... afinal, eu vim parar aqui e não vejo graça nenhuma nisso... mas eu estava na casa do meu avô, resolvi ir atrás de algumas borboletas. Caso o senhor não saiba, eu coleciono borboletas, bem... não exatamente borboletas, mas fotos de borboletas... lepidópteros, melhor dizendo...

– Rápido, meu rapaz! – insiste Yãmin, deixando sua paciência para trás.

– Tá bom, tá bom... E aí eu vi esta maravilhosa borboleta dourada e...

Yãmin arregala os olhos. – E... e...

– Tava chovendo *pacas* e ela entrou numa árvore e...

– E... e... – Yãmin coloca as duas mãos nos ombros de Teo.

– Aí eu entrei também e quando percebi, eu tava na árvore que era maior dentro do que por fora, se é que o senhor me entende...

– Sim, eu entendo. Eu entendo. – Yãmin arregala os olhos e começa a abrir um sorriso.

– Quando de repente eu caí fora da árvore, tropecei na raiz e deparei com a borboleta que eu perseguia justamente pousada sobre a gaiola dourada e...

– Guardas! Guardas! – Yãmin aperta os braços de Teo impossibilitando que dê mais um passo.

— Mas o que é isso, meu? Que mal há nisso? O que é que eu fiz de errado?

— Calma, meu jovem. Calma. Você vai saber *já já* o que está acontecendo.

Enquanto uma multidão de pessoas que largaram seus afazeres se aglomerava ao redor daqueles dois, uma carruagem com dois fortes cavalos para ao lado de Teo e Yãmin.

— Vamos! Entre. Únitri é maravilhoso! O Enviado chegou!

— Mas o que é isso? Enviado... Que Enviado?

— Eu já lhe disse, meu caro, você breve saberá o que faz aqui.

A multidão cercou a viatura policial, impedindo que saísse.

— Saiam da frente! – grita o cocheiro. – Abram caminho para o Enviado. A Profecia está sendo cumprida!

Aquele veículo sai em disparada por entre a multidão que gritava, cantava e aplaudia. O som dos cascos dos cavalos acelerados ecoava pelas vielas por onde o cocheiro passava, escolhendo o caminho mais rápido até o castelo.

— Qual o seu nome, meu caro jovem? – pergunta mansamente Yãmin, enquanto chacoalha dentro da pequena cabina.

— Meu nome é Teo, senhor.

— Não precisa me chamar de *senhor*. Pode me chamar de "você".

— Então está bem. Agora você pode me dizer o que está acontecendo?

— Ainda não, senhor Teo. A Princesa Isabelle vai falar ao senhor, somente aguarde.

— Princesa Isabelle? Gosto da ideia!

Numa curva fechada, a carruagem é obrigada a desacelerar e passa ao lado de Toiug que avista Teo dentro da cabina.

— Por Únitri! Só pode ser ele. Teo chegou são e salvo! Preciso correr, não posso deixá-lo sozinho.

Enquanto o carro policial anda mais devagar, Toiug corre em disparada atrás da carruagem até alcançá-la, e o esbaforido menino sobe no compartimento de malas que fica na traseira, sem deixar ser percebido.

A viatura segue em direção ao Castelo nas Árvores, subindo a via principal rumo ao *elevado Hyla*, viaduto com o nome da atual rainha.

Teo mal consegue esperar pela notícia que haveria de saber.

A marcha inimiga prossegue

Diaethria clymena

Não parece que alguém pintou Ela com Canetinha?

O CENÁRIO MUDA A CADA quilômetro, a grama mais espessa e verde-escura agora é mais baixa e clara. Os *dentes-de-leão* são arrancados pelas patas dos alucinados tríclopes e pela marcha dos Ruffians, rumo à Floresta Iluminada bem à frente.

Devile adiante acelera e novamente passa pela lateral dos seus soldados para mais um informe.

— Vamos, cubram os olhos de seus tríclopes para que a forte luz não os queime. Rápido, seus molengas! Mais alguns minutos e chegaremos à Floresta Iluminada. E abaixem as viseiras de seus elmos ou ponham os seus óculos, a menos que queiram ficar cegos com tanta claridade.

Quando os *Nins* entram pela Floresta Iluminada, eles são obrigados a colocar óculos escuros para obter suas lanternas de *ash*. Cada pedaço não é o bastante para cegá-los, mas quando estão dentro da floresta, a luz é tão intensa que pode até queimar seus olhos. É como se fossem lanternas, *spots*, faróis e holofotes, todos num mesmo lugar.

O céu sobre a Floresta Iluminada é tão claro que parece não haver noite naquelas redondezas.

Aquela multidão de guerreiros desce a colina e marcha adentrando na Floresta Iluminada. Os que vão à frente cortam alguns galhos com suas espadas e abrem caminho para todo o restante. Não há mais nada na floresta a não ser as árvores *Ash*, com tanta luz nenhuma das espécies comuns daquela região poderia brotar ou evoluir. Não há pássaros, nem macacos ou esquilos, por mais que seja bela a grande e autoiluminada floresta, a única vida que encontramos por lá são as próprias árvores.

Alguns Nins acreditam na mítica que a Floresta Iluminada seja um pedaço do reino de Únitri que caiu do céu. Ou que ela representa exatamente o lugar onde o seu deus habita – Luz absoluta.

A marcha continua e os incansáveis guerreiros Ruffians seguem ainda mais rápido em direção à Ponte Flutuante, que cruza o Abismo Eterno. Seus tríclopes, ainda de olhos vendados, somente podem ser guiados pelos cabrestos.

Os guerreiros que usam os extensores nas pernas são os primeiros a avistar o final da iluminada floresta. Suas cabeças estão por sobre as copas das árvores e assim informam a proximidade do abismo.

– Major Devile, permissão para falar.

A marcha para num momento.

– Permissão concedida, soldado.

– Vinte *estádios* à frente termina a floresta, acredito que talvez mais 35 estádios estejamos na borda do Abismo Eterno.

– Pois bem, guerreiros. – Devile abre o mapa. – Sigamos.

Os primeiros a sair são os guerreiros montados, inclusive o gigante major. Logo atrás estão os soldados alongados. Todos se agrupam numa formação em forma de "V", à frente do arco que antecede a ponte sobre o abismo; o grupo da esquerda montado e o da direita com extensores.

Todos aguardam mais uma palavra de Devile.

A Ponte Flutuante é um gigantesco monólito suspenso no ar. Não é uma pedra comum, um enorme pedaço de rocha que se soltou do fundo do abismo, e que na verdade funciona como um ímã quando posicionamos o lado positivo em frente ao mesmo lado.

Esse imenso ímã avança sobre a terra em que estavam da mesma forma que também avança uns cinquenta metros sobre a Terra do Contra. Uma rampa e uma escada de concreto fazem acesso ao monólito, tanto num lado como do outro.

Chove a todo o momento sobre a ponte, nuvens carregadas se chocam, proporcionando um espetáculo de relâmpagos coloridos e estrondosas trovoadas. A parte superior da ponte é estreita em sua largura e extremamente lisa, fazendo que seja escorregadio e perigoso atravessar.

Nunca puderam calcular a profundidade do grande abismo, por esse motivo denominaram-no "eterno".

– Destemidos Ruffians – começa Devile. – Precisamos ser cautelosos neste momento. Do outro lado desta ponte está a Terra do Contra, onde está localizado o castelo de Leordo, mais algum tempo estaremos dando um fim àquela profecia fajuta e um novo início à nossa história. Vocês serão heróis e seus nomes serão gravados nos futuros livros escolares.

Devile corre em direção à rampa da enorme ponte e empina seu tríclope ficando sobre sua única pata traseira.

– Olhem! As nuvens estão carregadas e chove torrencialmente sobre a ponte, tenham cuidado ao atravessar, os cascos dos tríclopes e as pernas alongadas devem escorregar bastante. Perderemos um tempo precioso nessa longa ponte, mas estamos bem adiantados. Vamos. Sigam-me!

Os gigantes guerreiros vão logo atrás do comandante. Os guerreiros montados sobem pela rampa à esquerda e os soldados com extensores sobem pela escada da direita, ambos variando a ordem e intercalando um a um.

Lentamente, os guerreiros Ruffians avançam por aquela pedra gigantesca. Um vento quente e forte sopra e balança as crinas de seus tríclopes. O monólito se mantém inerte ao peso daquele exército – nenhum balanço.

A caminhada é difícil e lenta, e o motivo é óbvio, a ponto que a física explica: O metal ao qual é forjada a armadura Ruffian é do mesmo material do fundo do abismo e também da própria ponte, ou seja, a ponte levitava pelo fato da sua base ser da mesma polaridade do fundo do abismo apesar das centenas de toneladas do bloco, e ao contrário disso, a armadura do exército Ruffian era de polaridade invertida à superfície do monólito, fazendo que fossem puxados, atraídos pela ponte. Cada soldado usava totalmente a sua força para arrastar suas botas e alongadores. Alguns chegavam a ajoelhar por causa da tamanha atração magnética.

Quando o primeiro grupo chega ao meio da difícil caminhada por sobre a ponte, um raio desce em direção a eles. Os animais se assustam e alguns levantam e ficam em apenas uma pata. Um Ruffian se pendura nas correias e é arrastado pelo tríclope assustado pelo raio que descera do céu. Um dos soldados alongados, no tumulto, corre para fugir daquele animal e escorrega no liso e molhado piso de pedra, e algo incrível acontece.

Ele cai da ponte e é levado aos ares. O infeliz soldado simplesmente é jogado violentamente para o alto, a ponto de ninguém mais conseguir vê-lo. Se *os opostos se atraem e os iguais se repelem*, a mesma polaridade do fundo do abismo eterno fez que o guerreiro fosse jogado para cima e certamente só cairia muito além daquelas terras, onde não teria mais o efeito de rejeição do ímã.

Os demais ficam abismados. O que seria pior – cair no abismo eterno ou ser jogado ao ar e parar a milhas de distância dali?

Outros mais assustados têm a mesma má sorte, naquela desordem e inevitável correria, alguns soldados falharam seus passos, enquanto outros caíram de seus tríclopes e acabaram voando aos ares e desaparecendo da vista de todos pela força oposta que o ímã proporciona. Assim aconteceu com quase 150 soldados Ruffians. Porém, os animais que vacilaram e saíram da pedra, esses caíram no abismo pelo simples fato de não usarem armadura.

Toda a tropa já está sobre a ponte e, insensível à perda de alguns soldados, o major Devile desce pela rampa já do lado da Terra do Contra, seguido por alguns soldados montados e outros com extensores. Apesar da tempestade, e por conseguinte da perda de alguns soldados, o exército ainda é bem numeroso.

Confiante, Devile reorganiza os dois grupos e lhes fala novamente:

— Destemidos Ruffians, sintam o cheiro do sucesso!

Tais primeiras e poucas palavras do gigante major já são o bastante para alvoroçar o grupamento de soldados.

— Ouçam com atenção o que vou lhes falar. Hoje é o dia em que nossos deuses sobrepujarão Únitri. Vamos desmontar o gigante de lata, espalharemos seus pedaços por toda cidade e aos Nins será atribuída toda a derrota, frustração e vergonha. Para nós, eles serão como desprezíveis gafanhotos. Aniquilaremos, aprisionaremos e faremos escravos cada um deles. E quanto a Hyla... Estou louco para olhar nos seus olhos e testemunhar seu sofrimento e grito de clemência.

O som do metal ensurdeceria qualquer um. Os soldados batem suas armas e seus escudos em suas armaduras, vibrando com o discurso do seu líder.

— Vamos! Seguiremos *a fio* o mapa e dentro de mais algumas horas estaremos com Leordo.

Ao virar e perceber o cenário da Terra do Contra, Devile repara que alguma coisa deveria estar errada, e vê *por que* aquele nome inusitado.

As árvores da Terra do Contra estariam secas, ou realmente suas raízes saem da terra?

O grande major para e observa melhor o que está acontecendo ali.

— Alto! — Devile estende o braço esquerdo.

Sobre as campinas até a extensão do vale, as árvores mostram suas raízes enquanto suas folhas estão sob a terra. O pequeno riacho que passa ao lado de seu exército sobe a colina, em vez de ir rumo ao abismo eterno, como deveria ser. Os grandes picos possuem neve em suas bases até o meio, enquanto nos topos a região parece desértica. A única coisa que parece correta são as nuvens no céu. Mesmo assim, Devile percebe que o vento forte vem do Sul, de onde eles acabaram de sair, e as nuvens vêm do Norte, rumo ao Abismo.

A marcha prossegue ao sinal do líder.

Logo adiante, uns quinhentos metros de onde pararam, eles deparam com outro portal de pedra, cheio de plantas parasitas e, outras, trepadeiras, quase encoberto pelos galhos, ou melhor, raízes secas daquelas estranhas árvores. Na lateral à direita, existe uma série de palavras esculpidas: "Do outro lado há uma verdade", enquanto na lateral esquerda há outra frase gravada: "do outro lado há uma mentira".

Devile se atém ao que está em cima do grande arco de pedra. Um círculo de bronze e dentro desse círculo uma ampulheta que gira a cada momento em que seu lado esvazia. E como não poderia ser diferente, a areia dessa ampulheta cai para cima. Abaixo do círculo de bronze se estende um longo pergaminho que cai até o nível de suas cabeças. Nesse pergaminho está escrito um enigmático texto com letras douradas:

Devile apenas abaixa a cabeça e passa por debaixo da grande faixa que descia por sob aquele confuso portal. Os guerreiros seguem a lentos passos, tantos os montados como os alongados. Um deles chega a ferir o velho e gasto tecido do pergaminho com seu punhal.

— Teo e os olhos de Leordo —

Nenhum deles se deu conta do texto ali escrito, se não o último daquele exército, montado em seu tríclope, o jovem e atento soldado olha para trás após passar pelo pergaminho, e percebe que o texto estava escrito ao contrário, ou seja, não era para ler quem chegasse e sim para quem saísse. Mas mesmo assim as palavras para ele não faziam sentido:

O paradoxo do nosso tempo não é muito diferente do paradoxo de outras épocas, e nunca será.
Falamos tanto de amor, mas entramos mais em discórdia.
O espaço sideral está sendo cada vez mais descoberto, mas o íntimo humano ainda é um mistério.
Sorrimos tanto, na mesma proporção em que choramos tanto.
Somos tanto encorajados, na mesma proporção em que sofremos de síndromes do pânico.
Ficamos mais bonitos com cirurgias e tratamentos, porém nossas almas não passam de espantalhos.
Comemos mais, no entanto, nos alimentamos menos.
Olhamos muito e nada enxergamos.
Nos socializamos mais, porém saímos menos de nossas casas.
Acreditamos mais e mais em Deus, mas damos cada vez mais créditos aos homens.
Falamos que a Fé gera Poder, mas vivemos no poder do dinheiro.
Compramos de tudo, mas possuímos menos.
Sonhamos tanto, mas vivemos dias de pesadelos acordados.
Perguntamos demais, mas ensinamos de menos.
Cobramos bons testemunhos dos homens, no entanto, nada que eu faça te interessa.

— Alexandre Monsores —

*Queremos tanto firmar nossa identidade,
mas temos tanta inveja dos outros e quem eles são.
Toque a sua canção, mas saiba que a "pausa" também é música.
Afinal, quem espera sempre alcança.
Mas como alcançar, sabendo que quem espera está parado?*

*Seja bem-vindo à Terra do Contra.
O paradoxo é aqui.*

O retardatário acelera o passo para alcançar o grupo de ferozes Ruffians.

Com o mapa da Terra do Contra em punho, Devile desmonta de seu tríclope para seguir as suas orientações e observa o surreal cenário da sua última etapa até o castelo de Leordo.

A busca no quintal

Dismorphia crisia

Quem tirou essa foto foi a minha ~~amiga~~ namorada ~~amiga~~ Binha.

Não chove mais no sítio de Guiot e Ayra, a água do riacho já diminuiu o volume, os passarinhos voltaram a voar tranquilos e as cigarras começaram a *assoviar*.

Tina está sentada no balanço de pneu, olhando em direção à trilha que penetra na propriedade de seus avós. Está preocupada com Teo.

— Cadê você, Theodoro! — sussurra para si mesma.

Dentro da casa, o clima é quase de desespero, pelo menos para Helena.

— Mamãe, como você consegue estar assim? — Helena se irrita pela aparente tranquilidade de sua mãe.

— Minha filha, Teo conhece cada metro deste sítio. Desde muito pequeno ele anda por aí e nunca ficamos preocupados.

— Mamãe, ele ainda é uma criança!

— E por isso mesmo é bem possível que ele tenha encontrado uma linda borboleta e se empolgado, aí então atravessado a ponte de cordas.

— Você quer me tranquilizar ou me deixar mais nervosa? O outro lado do sítio é que ele não conhece mesmo.

— Helenica, seu pai já deve estar com ele. Tudo bem que o sítio é um pouco grande, mas não há saída fora dele. Seu pai mandou construir muros bem altos em torno da propriedade.

— Por que isso, mamãe?

— Nada demais, é só por uma questão de segurança mesmo. Nós

não queríamos invasões ou qualquer tipo de curioso rondando por aqui. – Ayra tira o avental da cintura. – Você sabe que todo mundo acha a gente bem... digamos... diferentes.

– Confesso que sempre achei vocês meio *esquisitinhos* mesmo.

– Por que você acha isso, menina? – Ayra coloca outra toalha sobre o almoço já servido na mesa. Tudo já estava frio.

– Ah, sei lá! – disse Helena, em pé escorada na porta, sempre de olho no quintal. – Vocês sempre foram muito zelosos com Teo, mais até que com a Albertina. Na última vez que estivemos aqui, vi papai sumir na garagem e depois ficar horas com um livro preto, lendo pelos cantos e falando sozinho. E neste mesmo dia, eu peguei o tal livro enquanto ele estava no banheiro. Eu não entendi nada, o nome era estranho, um *tal* de Seu Cadoshe, Ser Pixote, Dom Quixote, sei lá!

Helena se referia ao *Santo Livro*, o *Sepher-Qãdõsh*. Ayra suspira fundo pelo fato de Helena não lembrar o nome do livro.

– E teve uma noite, antes disso, que no silêncio da noite ouvi vocês falando sobre uma mulher chamada Hyla, que há muito tempo não viam... Ela é parenta de alguém?

Aquela pergunta soou como uma facada no peito de Ayra.

– Hyla? Que Hyla, menina? Quem é Hyla?

– Sei lá, mãe. Eu é que estou perguntando.

– Ah, não! – Ayra inventa qualquer desculpa. – Nada disso. É Ilma, uma prima de segundo grau do seu pai.

Mais uma vez, aquela senhora disfarça.

– Bem, daqui a pouco vai ocorrer o eclipse, *logo logo* vai escurecer, e agora até eu estou preocupada com o seu pai.

– Caramba, mamãe! Será que papai caiu na ponte? Quer dizer, será que Teo caiu da ponte e papai foi resgatá-lo? Preciso ir lá!

– Helena, aí você já está indo longe demais, minha filha. Não precisa...

Helena interrompe.

— Chega, mamãe. Eu vou atrás deles, e vou agora. Vou à garagem pegar uma lanterna.

Enquanto saía pela porta dos fundos, atravessando pela varanda, Helena grita chamando Tina para vir ao encontro dela. Ayra tenta em vão impedir tal atitude, mas Helena estava irredutível.

As três entram na empoeirada garagem, que servia como depósito de *bugigangas*, à procura de uma lanterna caso a busca por Guiot e Teo demorasse até o anoitecer. Helena olha para o seu carro e repara em algo.

— Ué, Albertina. Você colocou o carro mais para trás?

— Não, Helena — responde Tina, da forma que sempre respondia, diante do olhar reprovador de Ayra.

— Quer dizer, não, mamãe.

Ayra sorri e pisca o olho para Tina, como gesto de aprovação.

— Eu podia jurar que tinha encostado bem o carro junto à parede dos fundos. Com certeza, eu não deixei a traseira fora do telhado. Estranho...

Helena chega à frente do capô e observa a área no chão. Estava coberta por um tapete de borracha, e esse tapete estava meio torto, como se alguém o tivesse removido ou arrastado às pressas.

Ayra empalidece sem poder fazer nada.

Helena ajeita com o próprio pé e coloca a tapete alinhado com o carro e a parede dos fundos.

— Eu devo ter me enganado. Tô ficando *caduca* mesmo.

Helena abre um aposentado armário de cozinha onde Guiot guarda suas ferramentas de uso frequente e apanha uma lanterna.

— Pronto. Vamos lá.

Ao atravessar o gramado que separa a casa do quintal e das árvores, Ayra ora para que tudo aquilo que tenta administrar acabe da melhor forma possível. Ela teria de evitar aquela busca, afinal de contas, não havia Teo e muito menos Guiot naquela propriedade para serem encontrados. Por mais que procurassem por toda a noite, seria em vão.

As três caminham na trilha que leva ao bosque e Tina, que entrava ali pela primeira vez, segura forte a mão de sua avó. Passo a passo avançam à procura de Teo e Guiot e logo avistam a ponte de corda. A madeira rangia com o vento que corria sobre o riacho.

Helena vai à frente, Ayra e Tina de mãos dadas vão logo atrás. Elas olham para baixo e percebem que o nível do riacho ainda está alto e somente a alguns palmos de onde elas estão pisando.

— Vovó, olhe ali!

Tina é a primeira a avistar um pequeno tecido caído à margem esquerda do riacho, uns quinze metros mais um pouco abaixo.

— Por Úni... Quer dizer, meu Deus!

— É o lenço de papai! Será que ele caiu da ponte e foi levado pela correnteza? — Helena se desespera.

Aquele pequeno lenço iria, por sorte, despistar a busca por Guiot e Teo durante algum tempo.

— Não é possível — sussurra Ayra para si mesma. — Tenho certeza que Guiot conseguiu atravessar e chegar ao ipê.

— Mamãe, vamos por ali — opina Tina. — Vamos andando pela margem do rio, não é fundo o bastante, e mesmo que a correnteza estivesse forte, vovô se agarraria às raízes das árvores que margeiam. Isso se ele realmente caiu desta ponte.

Começa a escurecer.

— Que horas *tem*, mamãe? — indaga Helena.

Ayra olha seu velho relógio afastando o pulso de seus olhos. — Ah, meus óculos!

— Vejamos... quatro e meia.

— Ué! Mas já está ficando escuro?

— Esqueceu do eclipse, minha filha? — justifica Helena. — Veja ali. — Helena aponta com a lanterna uma brecha entre as árvores.

— Vamos voltar, Helenica.

— Nada disso, mamãe. Enquanto eu puder vou procurar pelos dois.

— Mas mãe, e se o Teo caiu primeiro?

Com a hipótese que perturbava o coração de Tina, ela entra em pânico.

— Mamãe. Mamãe, meu irmãozinho! — Tina grita desesperadamente.

— Calma, Albertina! Cala a boca! — Helena segura forte os braços de sua filha. — Calma! Assim você não está ajudando!

Helena sempre foi bem *centrada* em momentos difíceis. Assim como foi na morte de seu marido. Aquela mulher realmente era a âncora de sua casa.

— Vamos respirar fundo e nos concentrar. — Helena carinhosamente ajeita os cabelos de sua filha.

— Eu ainda opino pela volta para casa.

— Vamos mais adiante, mamãe. — Helena volta a insistir. — Vamos pela margem, assim como Tina disse.

As três atravessam a ponte seguindo a margem direita.

Mais alguns metros e já não dava mais para ver a ponte de cordas que ficara para trás.

O terreno estava bastante lamacento e isso tornava os seus passos muito mais lentos.

— Cuidado. — Tina segura o braço de sua avó que acabara de vacilar um passo.

A escuridão acelerava e Helena enfim acende a lanterna.

— Por essa eu não esperava, as pilhas da lanterna estão fracas demais!

Helena bate a lanterna na mão, como se adiantasse na carga das pilhas.

— Não podemos ver além de alguns metros a nossa frente.

— Pois é, Tina. Agora vocês aceitam voltar para casa? — argumenta Ayra. — Se a lanterna *pifar* de vez agora, voltaremos em total escuridão.

— Esperem! Olhem para ali.

Helena revela naquela pouca luminosidade o muro que cerca a propriedade de seu pai.

O riacho passa por debaixo do alicerce do muro.

— Só faltava essa — murmura Tina.

— Se, por acaso, eles caíram no rio, e se por acaso foram levados pela água, a esta hora eles já devem estar um pouco distantes daqui.

— Isso é um absurdo, minha filha. Vocês só pensam em tragédia! — Ayra pega nos braços de Helena e Tina e as puxa para fora dali retornando para casa. — Não há nada que prove que aqui houve um acidente. Vamos embora! Está ficando cada vez mais escuro e daqui a pouco vai anoitecer de vez. Nada podemos fazer a não ser esperar.

Aquela família retorna para a segurança da casa. Ao chegar à ponte de cordas, Helena ainda olha para trás, em direção às árvores e à escuridão que as esperava. Frustrada, Helena começa a chorar.

Ayra está firme, afinal ela sabe onde estão Guiot e Teo.

— Tudo vai ficar bem. — A matriarca leva Helena pelo braço. — Tudo vai ficar bem.

O enviado se apresenta

Dryas julia

Essa é em Homenagem à minha Amiga Julia Maia.

A CARRUAGEM CHEGA AO pátio central do Castelo nas Árvores.

O piso de quartzito ajuda a não derrapagem das rodas de madeira dos carros oficiais. O pátio tem um formato triangular, de um lado fica o portão de entrada e os dois lados restantes desse triângulo possuem três arcos com colunas cilíndricas do mais puro granito.

Nos vértices de cada face do pátio brotam belas orquídeas brancas que sobem até o segundo piso, onde há varandas que se unem por um corredor externo. No centro há um pequeno chafariz também triangular.

Esculpido em cristal, na fonte do chafariz, uma forma de pauta de partitura gira até uns três metros de altura, mais larga na base até afunilar no topo, onde termina numa forma de borboleta alçando voo. Na mureta que cerca o chafariz, de costas, há bancos, onde com certeza os que circulam por aqueles ambientes sentam e relaxam ao som da musical fonte de água que jorra pelo chafariz.

Como é incrível tudo aquilo se sustentar nas alturas sobre gigantescas e centenárias araucárias!

– Eeiaa! – O cocheiro para.

– Vamos, meu caro. – Yãmin ajuda Teo a sair da alta viatura oficial, pegando-o pelo braço.

– Cuidado. Não quero que a gaiola caia no chão.

– Tudo bem, senhor. Eu tomo conta disso. – O solícito cocheiro se habilita a ajudar Teo. – Eu fico com os seus pertences.

Teo não gostou muito da ideia, porém parecia que a capa de chuva e a bolsa com seus utensílios de pesquisa estariam em boas mãos.

— Leve tudo para a sala de reuniões. Lá lhe entregaremos de volta.

— Para onde iremos agora, Yãmin? — questiona Teo.

— Iremos até a Princesa Isabelle, ela precisa conhecer você. O famoso e esperado Enviado! Cocheiro, me dá sua capa!

O nobre oficial, num ato desesperado de esconder a todos o fato da chegada daquele menino, pega a capa e cobre Teo, deixando apenas seus pés descobertos.

— Por que todo esse suspense? Por que toda essa euforia?

— Meu caro, o senhor não faz ideia, mas logo logo Isabelle irá lhe responder a todas essas perguntas. Vamos, rápido!

Yãmin ainda tem tempo para dar uma olhada para o céu e percebe que está ficando escuro mais cedo que o normal. Ele busca o sol por trás das copas das árvores.

— O que você está procurando?

— Um momento, senhor. Sim! Olhe para ali. — O oficial aponta com o dedo para certa direção.

— Um eclipse, senhor!

— Sim, lindo... perfeito. E está apenas começando.

— Então, vamos. Vamos! —Yãmin se apressa.

Aqueles dois se encontram com mais quatro soldados que estavam entre doze sentinelas do primeiro pavimento, e com passos apressados andam pelos corredores suspensos em direção à sala de reunião, próximo à carbonizada sala dos mapas.

Uma multidão segue pela avenida principal em direção ao portão maior da entrada do Castelo nas árvores. São moradores e seguidores da Profecia Nin, curiosos para saber quem dentre eles teria se apresentado ao alto comando.

A cidade está em alerta, algo imprevisível pode acontecer. Todos foram surpreendidos nas últimas noites e, para piorar, muitos suspeitam de uma iminente invasão por parte dos Ruffians.

Enquanto isso, do alto da torre mais alta do castelo soa um som de trombeta. Estavam conclamando para a apresentação dos três que farão parte da heroica equipe.

Finalmente, em completo silêncio, discretamente Toiug sai do porta-malas da carruagem. Mala em punho, ele se espreme nas paredes nos arredores daquele pátio, nas sombras ele se esconde e despista dois outros soldados que passavam em ronda.

– Preciso chegar pontualmente. Nem antes nem depois. Quando tocar a terceira trombeta, eu terei apenas mais cinco minutos para me apresentar.

Toiug depara com a entrada principal e aquela multidão à sua esquerda em direção a ele, ou melhor, em direção ao portão maior. Quando ele menos espera, é jogado e empurrado contra a grade do portão por toda aquela gente, o problema é que acabara ficando longe uns quinze metros do portão menor que se abre dentro do maior, que funciona somente para a passagem de pessoas, não havendo necessidade de abrir todo aquele enorme portão de correr.

– Por Únitri! Como eu deixei isso acontecer? Existe uma dúzia de pessoas à minha frente e mais uns trinta entre eu e o portão de entrada!

No castelo, Yãmin e Teo entram no que seria a mais iluminada sala do castelo: A sala de reuniões.

– Sente-se e espere aqui – diz Yãmin, retirando a capa que cobria Teo. – Vou chamar a Princesa Isabelle, sua conselheira e o sacerdote. Fique longe das janelas. – Yãmin fita longamente aquele ser frágil e suspira. Abre um sorriso e pergunta: – O Enviado gostaria de um pouco d'água e alguma coisa para comer?

– Obrigado, Yãmin, realmente estou com fome. A esta hora,

era para eu estar descansando do almoço na casa de meu avô. Por favor, eu aceito a água e algo para comer. – Teo já não faz cerimônia alguma, ele prefere dar ouvidos aos roncos do seu estômago.

– Então fique à vontade e relaxe, traremos algo para você. Força e Paz, meu senhor!

Teo levanta as sobrancelhas e ajeita com o dedo os seus óculos caídos sobre o nariz.

A sala é circular e o teto abobadado, tudo no mais branco-*pérola*, desde os estofados até as cortinas e *bandôs*, as molduras dos quadros na parede, a mesa central e as cadeiras onde certamente sentavam-se para as reuniões no Conselho, o tapete e as luminárias, todo o mobiliário, tudo branco. Tudo era tão claro e limpo que Teo se sentia incomodado com a cor de seu tênis e bermuda, enlameados com a chuva no sítio de seu avô.

Mas uma coisa parecia estar no lugar errado. No meio daquele branco todo, sobre a mesa, um livro preto, e este escrito em sua dura capa, com letras douradas *Sepher-Qãdõsh*.

Teo vagarosamente se aproxima daquilo que destoava em total brancura. Aquele menino circunda a mesa branca atento a qualquer som que podia vir de fora.

– E se alguém chegasse...

Que tortura! Teo queria olhar aquele misterioso livro.

Em sua mente, ouvia uma voz:

– Enviado... Enviado... Cumpre-se o predestinado...

– O que é isso que meus ouvidos ouvem? – diz para si mesmo.

À sua frente, o livro parecia pulsar.

– Abra... abra...

O *Santo Livro* parecia chamar por ele.

Seus delicados dedos tocam na capa e misteriosamente o livro abre exatamente no capítulo chamado NÃBÃ, o profético.

Seus olhos não acreditam no que lê e ele podia ouvir seu coração bater alto:

...E no dia em que cedo virá a noite, o Enviado virá com ela.
Com o pequeno trovão capturado. Tão bela.
Pronto a amar e lutar pelo povo...

A porta abre de repente e Teo, sem poder disfarçar o crime que estaria cometendo, fecha o livro e num único movimento se joga num dos sofás próximos à mesa.

O silêncio toma conta da sala. Foi óbvio que pelo menos Yãmin, que foi o primeiro a entrar, percebeu, mas tudo bem para Teo.

O nobre oficial arrasta uma cadeira na cabeceira da longa mesa, logo atrás entra outro militar, mais novo que Yãmin. Gideão, com os olhos arregalados sobre Teo, parecia ver um fantasma. Em terceiro, de mãos dadas com uma criança, Selena com o seu sorriso que sempre a acompanhava, e Akribes, o sacerdote, de olhar profundo e lacrimejado e, por último, com uma travessa dourada com algumas frutas, pão, mel e suco de laranja, Isabelle, olhando para o chão que pisava, adornada com arco em sua cabeça e um lindo vestido branco, decorado com pérolas e caprichosos bordados.

Tudo parecia andar em *slow-motion* para Teo.

Isabelle vem em direção a Teo, no intuito de entregar-lhe a saborosa merenda. A um passo dele, a Princesa ergue a cabeça e finalmente repara no frágil herói. Theodoro se levanta e vê naquela jovem algo que somente ele poderia enxergar e diz:

— Belinha! O que você faz aqui?

— Perdão, senhor. Mas, como assim o que eu faço aqui?

Isabelle retorna com uma simples pergunta.

— Ma-mas... vo-você... — Teo estava sem palavras.

Isabelle era a cópia exata de Belinha, a sua tão querida e amada colega de escola. A semelhança era assustadora!

— Não pode ser!

— O que não poderia ser, caríssimo senhor? — Isabelle levanta uma de suas sobrancelhas sem entender a reação do Enviado.

— Perdoe-me, Princesa, mas você é a cara de uma pessoa que eu conheço. Os olhos, a boca, a altura... o que você fez nos cabelos? Eles estão maiores e cacheados...

— Sinto muito, senhor — interrompe docemente Isabelle. — Mas certamente o senhor está me confundindo com alguém.

Teo finalmente se dá por conta que Isabelle e Belinha não são as mesmas pessoas, pelo simples fato de Belinha nunca ser tão amigavelmente doce com ele.

— Perdão, senhora.

— Nada disso, caríssimo senhor. — Isabelle entrega a bandeja a Teo. — Primeiro não precisa me chamar de senhora, aqui entre nós você é que é a autoridade, e segundo, percebe-se que realmente o senhor me confundiu com alguém.

— Vamos fazer o seguinte:

O faminto Teo abocanha uma suculenta maçã.

— Você para de me chamar de senhor e eu também a chamo de você. Tudo bem? Porque, afinal de contas, você não é tão mais velha que eu assim. Eu tenho dez anos e você deve ter uns...

— Senhora! — intervém Yãmin, que aguardava Isabelle para ocupar a cadeira que havia puxado para ela sentar. — Vamos ao ponto. O tempo urge e não podemos esperar mais. Iremos tocar a terceira trombeta e o povo está se apresentando para o voluntariado da missão, além da multidão de curiosos.

— Sentem-se, amigos do Conselho — orienta o sacerdote.

Cada um ocupa o seu lugar nas laterais, enquanto Teo é orientado por Gideão a sentar na outra cabeceira.

— O que está acontecendo e por que esse tratamento comigo? Eu queria dizer que eu apenas me perdi na floresta. Eu estava no sítio de meu avô à procura de umas borboletas...

— Sinto muito, senhor. — Akribes inicia sua explanação. — Vou ser muito direto e o mais objetivo possível, meu caro.

— Por favor, podem me chamar de Teo — simplifica o herói enquanto desfrutava do suco de laranja.

— Que assim seja, senhor. Ou melhor, Teo. Continuando. — O sacerdote se levanta e começa a andar em torno da mesa. — Você está em Nin, e eu acredito que nos mapas de onde você vem não exista a nossa descrição. Somos um povo pacífico e vivemos do que plantamos, caçamos e produzimos em nossas terras.

Teo ouve atentamente enquanto tentava não olhar para Isabelle.

— Fomos criados e educados sob os fundamentos de nosso santo livro, inspirado por Únitri, o nosso Deus único, criador de tudo o que houve, há e haverá — prossegue Akribes. — Sendo que há mais de duzentos anos estamos em batalha contra outro povo, os Ruffians, e estes, por sinal, já foram derrotados na última batalha. E o sucesso da nossa vitória foi atribuído a um jovem, até então estrangeiro chamado Leordo, que apareceu inesperadamente em nosso vilarejo exatamente um ano antes dessa batalha. Leordo era munido de grande intelecto, tecnologia e perspicaz, e nos treinou e capacitou para que pudéssemos ser vitoriosos. Como eu já falei, somos um povo pacífico e com isso nunca nos aprofundamos em técnicas de combate.

Teo parece muito mais interessado no mel que passava na fatia de pão do que no assunto.

— Algo em Leordo nos chamava a atenção, pois, por mais novo que ele parecesse, sua maturidade era tamanha, que até mecânica, elétrica e outras matérias técnicas ele nos ensinou. Antes do seu desaparecimento, logo após a já dita batalha, Leordo nos entregou uma bolsa com algumas coisas que pertenciam a ele e um esquema.

— Como assim "esquema"? — Finalmente Teo reage com uma pergunta, com a boca cheia de pão.

Isabelle ri dos modos de seu frágil herói.

— Um esquema, um manual, uma planta de como construir uma máquina metálica, em forma humana, que numa batalha futura haveria de ser usada para novamente derrotar os terríveis Ruffians — esclarece Gideão.

— E assim foi feito — continua Selena. — E para melhor guardarmos essa maravilhosa máquina, ela foi construída em um lugar bem longe daqui, e lá permanece muito bem guardada. Na Terra do Contra.

— E qual o problema? — Teo manifesta a sua curiosidade. — É só vocês irem lá e operar a tal máquina e pronto.

— Pois é aí que o senhor entra... Ou melhor, você — corrige Isabelle. — Segundo o manual, em concordância com a Profecia descrita neste livro — a Princesa apanha o livro de capa preta sobre a mesa — a forma de dar ignição ao homem mecânico, a estátua de Leordo, é por intermédio de uma resposta a uma charada. Uma palavra que haverá de ser dita no momento em que chegar lá.

— O problema é que os Ruffians furtaram o nosso mapa até a Terra do Contra e já rumam para lá no intuito de destruir a grande estátua.

Yãmin toma a palavra. — Temos de chegar antes deles e evitar que destruam a máquina.

— Se vocês possuíam um mapa, é pelo fato de vocês não saberem chegar lá, não é mesmo? — Teo indaga sabiamente. — Sendo assim, como vocês esperam chegar até a Terra do Contra?

— Estamos levando a última pessoa que escreveu o mapa, ele sabe de *cor*, detalhe por detalhe do que escreveu na sua confecção. Ele sabe exatamente como chegar lá — responde Gideão.

— Mas, meus amigos. O que faz que vocês acreditem que seja eu a pessoa que deve acompanhá-los nessa *furada* de batalha?

— Você tem todas as características descritas na Profecia, Teo.

— A coincidência do dia.

— Da forma. Você pegou a Borboleta Dourada!

— Da marca.

Todos da mesa respondem.

— Que marca? — exclama Teo.

O pequeno sacerdote caminha até ele e pega suavemente em sua mão esquerda e a vira com a palma para cima para que todos possam ver a marca de nascença: O olho de Leordo.

O silêncio toma conta da sala.

Teo arregala os olhos e puxa o braço violentamente. Num único segundo, aquele franzino menino levanta abruptamente da cadeira, a ponto de ela virar com o encosto no chão.

— *Mariposas cabeludas*! Nada disso!

— Calma, Teo! — levanta Yãmin para acalmar o enviado. — Nós asseguramos que você irá em segurança.

— Ir em segurança não é o problema. O negócio é voltar *vivinho da silva*! Eu sei lá como é que são esses tais de Ruffians aí. Os caras não devem ir com a minha cara. Nada disso, essa eu não vou encarar mesmo!

Selena, com sua ternura e mansidão argumenta: — Caríssimo senhor, quer dizer... Teo. Existe uma profecia e nela há a confirmação da vitória de nosso povo por meio da sua coragem. Creia nisso! Não há o que temer porque Únitri nunca desmentiu ou descumpriu suas promessas. Você chegou agora e é claro que tudo está indo muito rápido para assimilar. Tudo é tão difícil de aceitar, mas confie. Confie!

Gideão se levanta e ajuda a levantar a cadeira de Teo e o convence a sentar novamente.

— Teo, nunca fui muito corajoso, meu querido. A necessidade faz o homem.

Teo olha desdenhando de Gideão pelo fato de aparentar pouca idade.

— Que é isso, meu? Você não deve passar de uns dezesseis anos!

Gideão coça a garganta:

— Eu sempre me cobrei coragem, audácia, determinação... Quantas grandes oportunidades eu perdi por ser tímido ou inseguro. Hoje, sou um oficial do exército e responsável por centenas de homens. Mas tudo precisou de um primeiro passo. — Aquele bravo soldado segura o braço esquerdo de Teo. — Eu vou guardá-lo como se fosse a minha própria vida, senhor.

Isabelle finalmente se levanta de sua cadeira e caminha em direção a Teo. O coração daquele menino podia ser ouvido.

— Venha comigo. — A doce Princesa oferece a sua mão para ajudar Teo a se levantar.

Teo demorou uns cinco intermináveis segundos para segurar a mão dela.

— Puxa, como é macia. — Seus pensamentos o reportavam à Belinha.

— O que a senhora deseja?

— Apenas venha comigo. — Isabelle o conduz à sacada da varanda externa da sala de reuniões, onde Selena e Gideão estiveram pela madrugada daquele mesmo dia. — Você consegue ver?

— Do que a senhora está falando?

— Deixe de lado a *senhora*. Consegue ver o povo lá embaixo?

Teo levanta as sobrancelhas e olhando por sobre os óculos ele semicerra os olhos.

— Sim, o que são eles?

— Os que estão agarrados ao portão de entrada são voluntários que se entregaram para fazer parte do grupo que vai viajar à Terra do Contra. Estão entusiasmados com a ideia de colaborar para o cumprimento da nossa profecia, e somente três deles irão. Os restantes são fiéis, curiosos, gente comum que aguardaram todos esses anos pelo cumprimento deste sonho e também para conhecê-lo.

— A mim? Mas como pode?

— Acredite, Teo. — Isabelle olha dentro dos olhos de Teo. — Você é o Enviado! Por intermédio de você e alguns deles, essa profecia vai se cumprir e você nos salvará dos planos cruéis, do massacre e da escravidão dos Ruffians.

Teo estremece ao olhar para aqueles olhos que ele podia jurar que eram de sua amada Belinha.

Aquele silêncio era ensurdecedor.

Ela segura em suas mãos.

— E você será, além de tudo, muito bem recompensado.

— Como assim, Princesa?

— Você será condecorado, receberá a *comenda* Hyla, confeccionada com a mais pura prata e adornada com *berilianita*, a pedra mais preciosa de Nin. Isso sem contar com a gaiola que você trouxe, ela é de ouro puro, sabia?

— *Pulgas voadoras*! Já havia me esquecido... a borboleta...

— Tudo bem, você também irá levá-la — insiste Isabelle. — E aí, você vai ficar?

Teo olha para o aglomerado de gente à frente do portão principal e reflete sobre a incrível história que acabara de ouvir.

— Até quando?

— Até amanhã pela manhã. Bem cedo o levaremos até Dendron, a árvore-mãe.

Teo retorna o seu olhar para dentro daquela branca sala e fita cada um de seus companheiros. Seus pensamentos estavam confusos. Tinha pavor de estar fora de casa, longe de sua família e em meio a pessoas estranhas. Estaria vivendo um sonho? Seria uma brincadeira bem bolada? Isabelle era, na verdade, Belinha aprontando uma peça? E onde estariam Jaca e Marcelão? Mas tudo parecia tão real.

Teo belisca a própria bochecha.

Selena se aproxima de Gideão e segura forte a sua mão. Todos estavam inquietos e aflitos naquela sala.

Yãmin apenas cruzou os braços e se agachou para ficar na mesma altura de Akribes. Todos olhavam diretamente para Teo.

O menino murmura algo.

— Tudo bem.

— Hã? O que você disse? — Yãmin levanta num só gesto.

— Ok, eu vou. — Teo insiste em sussurrar.

— Fala, senhor! Fala! — Gideão abre um sorriso.

Finalmente Teo grita.

— Tá bom! Eu vou! Mas vocês me prometem que vai ser seguro? Esse papo de profecia e esse tal de Únitri são verdade mesmo?

— Eu sabia, Teo! — Isabelle abraça o pequeno herói. — Ele é tão real quanto você e eu estarmos aqui agora.

— Obrigado, senhor. — Yãmin põe as mãos nos ombros de Teo. — Não tema, estaremos com você.

— Não há mais tempo a perder. — Gideão adverte. — Precisamos correr para a apresentação dos demais. Ícaro já está com as libélulas a postos, Baruch está com ele e só faltam os três voluntários.

— Deixa que eu me adianto quanto a isso. — O sacerdote se apressa a sair da sala. — Tenho recomendações expressas de Hyla quanto à escolha dos últimos três.

— Vamos. — Yãmin abre a porta para que todos possam sair.

—Não! Esperem. – Isabelle adia a saída do grupo. – Nunca sem antes levar isso.

Isabelle pega o pesado livro preto que estava sobre a mesa, o *Sagrado Livro*, e o entrega a Gideão.

– Nunca sem antes levar a *Palavra* de Únitri com vocês. Vocês com certeza vão precisar dela.

– Claro, Princesa. – Gideão o aperta contra o seu peito.

– Vistam o Enviado para a viagem, deem a ele roupas confortáveis e mais apropriadas – ordena Isabelle. – Encontramo-nos no portão principal.

Teo admite que as recompensas eram bem-vindas. A prata, o ouro, a borboleta... Mas o que mais *martelava* em sua cabeça era o fato de Isabelle ser idêntica a Belinha. Teo é acompanhado por dois serviçais e levado ao seu aposento enquanto o restante do grupo vai pelo corredor em direção às escadas que levam ao pátio de entrada, onde já se encontram Ícaro e Baruch, além de outros guardas, que sob a supervisão de Akribes, organizam as filas de pessoas para a apresentação dos voluntários que completarão o grupo dos sete destemidos heróis.

Toiug se esforça para encostar-se à grade do portão maior. A cada passo à frente, são dois *empurrões* para trás.

Ruffians na Terra do Contra

Elbella menecrates

Essa eu chamo de mariposa flamenguista.

O CÉU SOBRE A TERRA do Contra está temporariamente escuro por causa do eclipse. Alguns Ruffians estão munidos de galhos de *ash*, apanhados enquanto passavam pela iluminada floresta.

O cenário agora era desértico, muitas rochas e raízes à mostra, animais selvagens corriam ao longe e um vento quente fazia que os soldados alongados cambaleassem.

Não faz muito tempo que o exército Ruffian passou pelo grande portal.

— Pronto. Mil e quinhentos *estádios* à esquerda do portal. — Devile se reporta ao seu mais próximo subalterno. — Na verdade, o mapa nos orienta a dar três mil estádios, cada estádio corresponde a seiscentos *pés Nins*, mas como nossos pés são o dobro do tamanho daqueles pequenos vermes, naturalmente reduzi o número de estádios.

— Meus parabéns, comandante. Excelente observação.

— Basta seguirmos mais duas diretrizes e chegaremos até Leordo. Vejamos: Vire à direita e siga quinhentos estádios e vire à esquerda que verá uma rocha em forma de barco, ela aponta em direção oposta à qual deve seguir.

As referências eram bem simples de serem seguidas.

O eclipse solar estava no seu término e a luz voltava à Terra do Contra.

— Quanta ingenuidade! As coordenadas são tão simples que até um bebê Ruffian poderia segui-las. Vamos!

O solo arenoso diminuía o ritmo dos tríclopes e fazia que afundassem as pernas metálicas dos soldados alongados. A atmosfera não ajudava a prosseguir com a busca pelo castelo de Leordo. O sol estava agora diretamente à sua frente. Por mais que Devile achasse fácil seguir as coordenadas do mapa, as condições ao redor não favoreciam.

— Estranho. Como pode este lugar mudar tão repentinamente?

— Senhor? — indaga o seu escudeiro. — Ainda agora estávamos em solo firme e fresco. Agora só vemos areia e não circula vento algum. Tem certeza que o mapa nos leva ao lugar certo?

O pobre serviçal não faz ideia do perigo em questionar o poderoso major.

— Como ousa levantar suspeitas sobre eu estar seguindo corretamente ou não os passos deste simples mapa?

Neste momento, Devile empunha a sua adaga prateada.

— Não é isso, major. Tenho certeza que o senhor assim bem o segue. Mas o clima está tão adverso. Por que os Nins construiriam tal castelo em lugar tão inóspito?

— Sabe-se lá, seu estúpido. — Devile novamente guarda a arma em sua cintura. — No mínimo aqueles pequeninos acharam que com isso poderiam nos deter. Pobres coitados! Não fazem ideia do poder de nossos braços e persistência em nossa alma. Somos guerreiros... Nascemos guerreiros e morreremos guerreiros! — O líder se volta para os que marcham logo após ele. — Só mais algumas horas. E lembrem-se, matarei com minhas próprias mãos aquele que desistir de prosseguir comigo!

A poeira impedia de ver mais além de uma pequena distância, mas mesmo assim o grupo fazia a conta passo a passo até a rocha em forma de barco a qual o mapa se referia.

— Duzentos e cinquenta. Pronto!

Devile olha ao seu redor sem nada ver além de poeira e pequenas pedras. O gigante não consegue acreditar que poderia ter falhado na contagem dos estádios. Afinal, ele pode ter se distraído durante o curto diálogo com o seu escudeiro.

— Ei, você! — ordena ao seu serviçal. — Refaça o caminho em que nós viemos. Volte de onde nós saímos e conte novamente os estádios até aqui. — Devile reabre o mapa e confere as diretrizes. — Sim! Duzentos e cinquenta estádios até a nossa direção. Conte com cuidado.

O vento estava mais forte e era árdua a tarefa de caminhar naquela situação.

— Sim, meu senhor. Às suas ordens!

Num instante, aquele solitário soldado desapareceu por entre a nuvem de poeira. O vento estava tão forte que não se ouvia mais os grunhidos dos tríclopes, somente o estalar de pequenas pedras quando acertavam as armaduras dos guerreiros Ruffians.

Aquele transtorno iria atrasar a marcha, mas eles estavam bem adiantados e não havia outro jeito, eles teriam de revisar a contagem.

A espera era interminável e a areia já cobrira os pés dos soldados. De repente, aparece em meio à poeira o soldado a quem Devile ordenou voltar.

— Confere, major.

— Como assim confere?

— Isso mesmo, senhor. Duzentos e cinquenta estádios até este ponto.

— Pois então onde está a maldita pedra em forma de barco? — Devile olha atordoado para todas as direções.

— Vamos! Circulem por um raio de cinquenta passos até encontrar a tal rocha. Ela deve estar por aqui. Afinal, eu nunca me engano. Este mapa deve estar errado. Vamos, circulem!

Alguns dos soldados alongados e montados começam a

caminhar em torno do grupo à procura da tal referência que o mapa afirmava ter ali.

Nesse momento, o vento para e o calor interrompe, dando outro tom àquele lugar. A atmosfera fica limpa e os olhos podiam ver muito além de onde eles estavam.

Até o horizonte tudo era o mais plano possível, nenhuma colina, nenhuma montanha ou vale. Tudo era absolutamente reto.

— A rocha. A rocha! — Devile esbraveja sabendo do seu fracasso. — Onde está essa maldita rocha? — Reabre o mapa para uma última conferência. — Vejamos... três mil estádios... vire... quinhentos estádios e vire à esquerda que verá uma rocha... Está tudo correto!

A temperatura cai de maneira surpreendente na Terra do Contra. Como aquele lugar poderia ter, num mesmo dia, climas tão diversos e extremos?

Uma avalancha de ideias passava na mente de Devile.

— Como poderia estar errado? Em que eu errei? — O gigante major segura atentamente o mapa em suas mãos e observa o que poderia ser o tão fatídico erro. — Terra do Contra... Terra do Contra... não é possível! Isso é tão simples quanto é absurdo.

Devile parece encontrar a chave de seu problema. Num salto, ele monta em seu animal e diz aos seus comandados.

— O mapa é ao contrário. Os pequenos achavam que nós fôssemos idiotas! Vamos seguir as coordenadas interpretando de forma oposta, assim chegaremos até o gigante de lata.

Tudo era tão óbvio, que era até difícil de acreditar. Mas Devile estava certo. O mapa da Terra do Contra era para ser interpretado ao contrário.

E assim, novamente, o gigante major lidera à frente de seu exército às gargalhadas, sem perceber que a neve começava a cair sobre eles.

Quando retornaram ao ponto inicial de sua caminhada naquela terra extremamente contraditória, a paisagem já era outra. Tudo estava gélido e branco.

O portal da ampulheta estava atrás dos guerreiros Ruffians. Devile ordenou que seu escudeiro desta vez andasse em seu lugar, poupando-se do esforço daquela marcha.

E assim recomeçaram, desta vez na direção *correta*.

O que antes era a areia desértica, agora era a espessa neve, e novamente os soldados alongados eram os mais impedidos de prosseguir.

Não demorou muito até que chegassem à rocha em que o mapa se referia. Era na verdade um grupo de cinco rochas que, ao longe, formavam a silhueta de uma *nau* à deriva. A sua proa apontava em direção a um planalto. E foi exatamente para aquele planalto que o exército Ruffian rumou.

O clima frio calou os guerreiros. Nenhum daqueles destemidos Ruffians esboçava um diálogo qualquer.

Tudo era branco, em todas as direções. As armaduras ajudavam a aquecê-los, porém, não o bastante. O grupo resolveu se ajuntar para manter a temperatura mais amena e evitar que circulasse algum vento entre eles. Mas para os guerreiros alongados, a sensação térmica era ainda mais gélida. Suas longas pernas afundavam na *fofa* e espessa neve que se acumulava rápido no solo.

O planalto ao longe possuía uma vegetação rasteira e verde, e aí sabiam que em mais algum tempo eles estariam em um clima mais agradável. O céu sobre eles estava cinza, enquanto sobre o planalto estava num perfeito *dégradé* violeta, vermelho e laranja, pois o sol se punha naquela hora, sem uma nuvem sequer.

A grande escolha
Rumo ao Castelo de Leordo

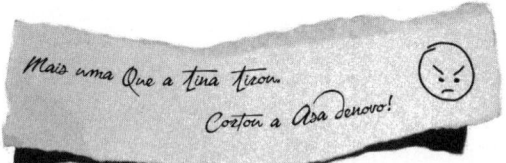

Emesis fatimella

Mais uma Que a tina tirou. Cortou a Asa denovo!

A MULTIDÃO ESTÁ EM total silêncio.

Lado a lado estão Isabelle de mãos dadas a Teo, ao centro, Gideão e Selena à direita, Akribes e Yãmin à esquerda. Mais distante um pouco, na área de saída do pátio, está Ícaro aguardando toda a cerimônia para, dali, irem ao hangar das libélulas.

Alguns Nins chorosos, outros espantados, muitos com sorrisos estampados na face, a reação não importava, pois todos viam ali o prometido Enviado.

Sob orientação de Akribes, a guarda compõe um corredor que separa os cidadãos comuns, os espectadores, em cada lado da praça que dá acesso ao portão, e no centro os voluntários. Exatos trezentos Nins, entre mulheres e homens. não importando as suas *idades*, se juntaram no centro, enfileirados; vinte filas contendo quinze voluntários; Toiug é um deles.

Teo suava frio.

– Calma, senhor. – Isabelle tranquiliza. – Seremos breves.

Akribes começa a oração.

– Únitri, Senhor dos senhores. O que nos criou, cuida e nos guardará junto a Ti quando chegar o grande dia de nos *levar*. Tu mantiveste a Tua promessa e aqui está a prova. – Teo abaixa a cabeça enquanto aquela multidão ovaciona fervorosamente.

– Ai, ai, ai! O que eu tô fazendo aqui?

– Shhiiii! – Gideão *cutuca* Teo com o cotovelo.

O pequeno sacerdote levanta a mão para que o povo pudesse ouvir.

— Tu tens o poder nas Tuas mãos. A Tua Palavra é rica, é verdade, é berilianita pura como as águas das Planícies das Rochas que Choram. Tu és o motivo de nosso viver, Tu és a vida, o sopro, a ação, o Amor, a Luz e a própria eternidade. – Cai uma lágrima dos olhos de Akribes. – Por intermédio do Teu som tudo criaste. Enquanto Tu, Únitri, assobiavas, os ondas do mar e as nuvens, as montanhas, vales e tudo mais eram compostos. Tu és o mais perfeito autor da mais perfeita obra, Tu és música!

A multidão mais uma vez aplaude e celebra. Alguns pulam e gritam enquanto se ajoelham.

No meio daquele alto som, Akribes grita: – Seja feita a Tua vontade, ó Senhor!

Baruch vem ao encontro do grupo, em sua mão carrega uma gaiola dourada, e dentro da gaiola uma borboleta vermelho-sanguíneo. Teo se encanta com tal espécie que, como a dourada, nunca havia visto. Akribes abre a portinhola da gaiola e lentamente a bela vermelha sai e voa sobre o grupo de amigos.

— Espírito de Únitri, usa esta criatura a nos indicar quem deverá ir até Leordo, para que Teu nome seja glorificado.

A borboleta sobrevoa todo o pátio, atravessa o portão e paira sobre os trezentos anônimos heróis voluntários. De uma ponta a outra das filas e entre as colunas, ela passa lentamente.

O silêncio toma conta do lugar.

De repente, a borboleta para sobre uma jovem esguia e de cabelos curtos, então lentamente ela se aproxima e pousa em seu ombro esquerdo. A multidão aplaude.

Os guardas abrem o portão menor e ela sai por entre os demais e se apresenta aos líderes.

O sacerdote segura ambas as mãos da jovem e mostra aos demais do grupo. Nenhuma marca nas palmas das mãos.

— Nome? – Akribes indaga.

— Mãrãh, filha de Achlus, filho de Aharôn.

— Especialidade? — prossegue o pequeno sacerdote.

— Arco e flecha, besta e estilingues.

— Motivo?

Cinco segundos se passaram.

— Motivo, cidadã *Nin*?

— Cumprir com a profecia e salvar o meu povo do inimigo.

Akribes penetra nos olhos daquela jovem e abaixa sua cabeça como se buscasse uma resposta.

Gideão e Yãmin admiram o porte de Mãrãh e sussurram sobre seu perfil de guerreira.

— Seja bem-vinda, Mãrãh, filha de Achlus, filho de Aharôn. Você irá conosco!

A multidão novamente aplaude calorosamente enquanto Mãrãh se coloca ao lado de Baruch.

A borboleta sobrevoa mais uma vez o grupo de voluntários enfileirados. É grande a expectativa. Mais algum tempo e ela repousa sobre o ombro direito de um jovem com um tambor apoiado numa correia atravessada ao corpo, no bolso traseiro há duas baquetas.

A multidão manifesta com alegria.

Aquele jovem passa pelo portão menor e chega ao grupo. Num ato de extremo impulso, ele se prostra diante dos líderes.

— Ei, nada disso! — adverte Isabelle. — Nenhum de nós é digno desse gesto, caro amigo. Por mais que eu seja a sua Princesa e aqui está o prometido Enviado, por mais que seja louvável a sua atitude, vale a pena lembrar o que diz o Sepher-Qãdõsh: *...somente se prostrarás diante a mim. Diz Únitri. A nenhum dos que andam na terra se prostrarás.*

— Muito bem lembrado alteza — elogia Akribes.

— Perdão, senhores. Foi involuntário. — Levanta o jovem que acabara de se apresentar sacudindo a poeira dos joelhos.

— Vamos prosseguir. Dê-me suas mãos — apressa-se Akribes. O sacerdote novamente mostra aos demais as palmas das mãos para deixar claro que não há marcas de olhos.

— Nome?

— Ed, filho de Sûr, filho de Yashar.

— Especialidade?

— Hillaweh-tambor.

— Motivo?

— Cumprir com a profecia e salvar o meu povo do inimigo.

— Então Ed, filho de Sûr, filho de Yashar. Seja bem-vindo, você irá conosco!

O povo mais uma vez celebra com gritos e aplausos.

A bela borboleta passeia por sobre os que se apresentaram para a grande viagem. Ela finalmente paira sobre a primeira fila, os primeiros à vista dos líderes. Ali está Toiug.

Ela para sobre a sua cabeça.

Akribes olha profundamente em seus olhos.

Toiug corresponde ao olhar do sacerdote como se ambos se comunicassem *telepaticamente*.

Toiug fecha os olhos, abaixa a cabeça e encolhe os ombros.

A sanguínea borboleta pousa sobre o seu ombro direito. Nesse momento, Toiug cai ao solo e, com a mesma posição de um bebê ao engatinhar, ele esboça algumas palavras em um dialeto primitivo Nin, algo que os sacerdotes chamam de língua Únitri, que nenhum dos ali presentes poderia traduzir, com exceção de Akribes.

Toiug aos poucos se repõe, levanta e se encaminha ao grupo dos escolhidos.

A multidão desta vez emudece.

Akribes se põe à frente de Toiug, discretamente pisca um olho e segura ambas as mãos.

— Nome?

— Toiug. Filho de Eben, filho de Naar.

Levemente o sacerdote levanta aos olhos do grupo a sua mão direita. Todos ficam perplexos.

— O segundo do povo! — grita Akribes. — Conforme a profecia!

A multidão não economiza gritos, aplausos e cânticos. A festa é uma só, tanto para os que foram assistir como os que se apresentaram como voluntários. Todos estavam unidos e felizes ao extremo.

Selena se prontifica em apresentar uns aos outros do grupo, e quando chega a vez de Teo cumprimentar Toiug, eles se entreolham por uns segundos. Teo chega a fechar as sobrancelhas.

— Eu o conheço?

Antes que Toiug pudesse falar qualquer coisa, são interrompidos por alguns súditos que pegam *ambos* pelos ombros em comemoração por mais uma confirmação da Palavra de Únitri. O segundo viria do povo. E veio.

A alegria não cabe no rosto de Isabelle. E essa alegria é contagiante no grupo, exceto por Mãrãh, que se parece mais concentrada, discreta e isolada.

Agora o grupo estava formado: Gideão e Yãmin para a guarda, Teo o Enviado, Baruch para mostrar o caminho, Mãrãh para a segurança, Ed para o louvor e Toiug para *acordar* Leordo. Os sete heróis.

Enquanto a multidão se dispersa, o grupo de escolhidos, acompanhados por Akribes, Isabelle e Selena se dirige ao castelo nas árvores para uma breve bênção da rainha Hyla. Mesmo prostrada na cama, a velha rainha haveria de testemunhar que a profecia estava se cumprindo naquele dia.

— Para onde estamos indo? — pergunta Teo.

— Até Hyla, minha mãe.

— Por gentileza, sem comentários ao chegar ao quarto da rainha. — Selena pede discrição naquele momento.

— Ela está muito abatida e naturalmente muito reservada — prossegue Isabelle. — Ficaremos apenas um minuto, afinal, ela não está podendo falar demais. — Quanto tempo ela tem ainda?

— Caro *Segundo do Povo*. — Selena se dirige a Toiug. — Talvez semanas... meses...

— Únitri sabe — completa Akribes.

O corredor permanecia vazio, se não apenas pela presença dos guardas que serviam como sentinela na porta dupla do quarto da rainha. Isabelle abre a ornamentada porta com as claves de dó.

Os passos são lentos e silenciosos.

— Onde está a velha rainha?

— Está ali, Teo.

Isabelle aponta para a cama e Teo não acredita no que vê.

O quarto era amplo, com enormes janelas cobertas por cortinas vermelhas e detalhes dourados. Os tapetes no centro e os que ficavam nas laterais da cama eram iguais, todos vermelhos com os mesmos bordados como os das cortinas. Todo o mobiliário era mogno, inclusive a própria cama, coberta por um leve *mosquiteiro* branco, acompanhando a cor dos lençóis e travesseiros que, assim como o edredom, também eram bordados com fio de ouro.

Havia quadros nas paredes, muitas paisagens, uma *marinha*, duas *naturezas-mortas* e retratos, muitos retratos. Assim como a sala dos mapas, o quarto de Hyla possuía retratos de grandes personalidades do povo Nin.

Ao lado da cama permaneciam alguns aparelhos e três jovens, um médico e dois enfermeiros respectivamente.

E sobre a cama um bebê.

— A rainha é um bebê? — Teo exclama.

— Shiiiii! — censura Gideão. — Não seja indelicado. Depois falamos sobre isso.

— Mas eu não estou entendendo.

— Não insista, senhor. Logo após a nossa aventura, iremos lhe explicar tudo o que for preciso.

Toiug está mudo. Não consegue olhar diretamente para a cama.

— Vão em fila. Ela está acordada — Isabelle orienta.

Akribes, Selena e Isabelle permanecem a uns metros da cama enquanto cada um passa ao lado de Hyla.

A delicada e frágil bebê vira o rosto e olha atentamente para cada um daqueles que passam. E sobre cada um deles ela levanta sua mão como sinal de que os abençoava.

O primeiro a passar é Teo.

Hyla olha para aquele menino e sorri. Teo se mantém a certa distância, pois achava tudo aquilo completamente estranho.

O segundo é Yãmin. Ele para ao lado da cama e Hyla põe sua mão sobre a sua cabeça. Depois foi Gideão. O movimento era o mesmo. Mãrãh foi a terceira e Hyla surpreendentemente vira o rosto. Todos se entreolham e Hyla, ainda com sua face virada em direção contrária à da guerreira, levanta a sua mão abençoando-a. O quarto foi Baruch e Hyla retorna os olhos ao desajeitado escriba, e abençoa-o. Ed então chega próximo, se abaixa, e Hyla repete o gesto levantando sua pequena mão.

Por último, Toiug. Ele estava aos prantos. O *Segundo do Povo* chorava copiosamente, a ponto de precisar ser amparado por Akribes.

— Vá, meu caro. Vá.

— Não consigo, meu velho amigo. — Toiug responde em voz baixa a ordem do sacerdote.

— É preciso. Você sabe que esta é a última vez que vocês se verão.

Toiug confirma com um movimento de cabeça e segue em direção à cama onde jazia Hyla, a rainha Nin.

Ele retira de seu bolso uma descolorida fotografia, e nela um casal de idosos, ambos com um cordão de ouro em forma de duas claves de dó postas de costas, simulando uma borboleta. O cordão que Toiug carregava no pescoço tinha um similar no pescoço de Hyla.

Toiug segura sua mão, a rainha olha para ele e rola uma lágrima de seu rosto. O jovem se levanta e beija a sua testa.

— Você sabia que eu não suportaria viver aqui — Toiug fala com a imóvel criança. — A *inversidade*, o luxo de viver no castelo, os Ruffians... tudo aqui me assustava.

Hyla põe sua mão direita sobre a cabeça de seu irmão, como gesto de ternura.

— Perdoa-me pela minha covardia, menina Hyla. Eu não ouvi a sua voz. Eu não queria ouvir a voz da minha querida irmã mais velha. Perdoa-me!

Alguns sentinelas moveram-se em direção a ele, mas Akribes os impediu com um sinal.

Aquele momento parecia eterno. Os demais já haviam saído e não presenciaram o que estava acontecendo. Muito menos Isabelle, Selena e Gideão, que os acompanharam para fora do quarto.

— E digo mais, lá fora é muito pior que aqui. Do outro lado de Dendron, a vida é apressada, todos contra todos, há povos piores que os Ruffians e em maior número. Tudo é mais moderno e tecnológico, o que me dava mais saudades daqui. — Hyla enxuga uma lágrima de Toiug. — Mas lá eu constituí família, tenho uma mulher maravilhosa e uma filha que é um *tesouro*. E você acabou de conhecer o meu neto.

— Eu sabia que você viria, maninho — aquela bebê, que se assemelhava a uma criança de sete meses, esboça algumas palavras.

— Nada tenho para lhe perdoar. Você sempre foi mais impulsivo e intuitivo que eu. A lenda que criamos após a sua partida não impediu que tantos saíssem de Nin através de Dendron, mas com a iminência do cumprimento da profecia, ninguém se arriscaria a sair da cidade. Alguns vieram para cá e Leordo foi o primeiro. Mas percebemos que nos últimos anos não se tem mais esse movimento.

— Eu construí um muro, Hyla. Ninguém mais tem acesso ao sítio e, é claro, à jovem Dendron.

— Que bom. — A rainha respira fundo como se estivesse sufocando. — A profecia nos garantiu durante todos esses anos que você viria. Eu tinha essa certeza em meu coração. Vamos, faça o que tem de fazer. Cumpra com a profecia. Acorde Leordo!

Hyla boceja enquanto diz uma última frase.

— Deixe-me descansar. Agora vá.

Toiug põe uma foto na mão de Hyla e a faz segurá-la.

— Adeus, minha irmã. Adeus.

Naquele momento um alarme toca. Uma das máquinas que controlavam os batimentos de Hyla apita. Os enfermeiros afastam Toiug de onde estava e aplicam, num acesso que estava no outro braço da bebê, diretamente na veia, algo que parecia uma medicação.

Hyla apaga em sono profundo, enquanto Toiug sai de costas vendo aquela cena que partia o seu coração.

No lado de fora, no corredor, O *Segundo do Povo* se encontra com os demais.

— O que houve, Toiug?

— Que ca-cara é es-ssa?

— Por que você demorou?

Toiug é bombardeado por perguntas de Ed, Baruch e Yãmim, respectivamente.

— Nada. Não houve nada.

Teo repara que a face de Toiug estava corada e seus olhos vermelhos e mareados, mas preferiu não comentar nada.

— Vamos. Ícaro nos espera.

Isabelle abre uma porta lateral, quase invisível, que saía numa rampa externa ao castelo.

Ao lado, um estreito trilho por onde parecia passar um pequeno trem e o aviador chefe o usaria para levá-los ao hangar das libélulas.

Teo insiste em encarar Toiug como se já o tivesse visto antes, mas a todo o momento o *segundo do povo*, como fora conhecido e apresentado, desviava o olhar de Teo.

Ao chegar o transporte que os levaria até o hangar, que na verdade mais parecia um trenzinho de montanha-russa, os viajantes se assentam um par após o outro.

Selena acompanha de mãos dadas a Gideão.

— Amor, ontem à noite você ia me contar algo e não tivemos tempo de concluir o assunto.

— Fica tranquilo, Gideão. Quando você voltar, eu lhe digo. Fique tranquilo, pois é boa notícia.

— Está bem, mesmo sabendo que nada pode ser tão boa notícia quanto a nossa vitória.

— Tudo bem, mas a vitória não é tão surpreendente. Já está escrito! — Selena beija a face de seu esposo.

— Como assim? — indaga Gideão.

— Calma, meu bem. Concentre-se na viagem.

— Você sabe se alguém se feriu durante a explosão e incêndio no castelo? — Mãrãh discretamente pergunta a Yãmin.

— Não, graças a Únitri não houve feridos — Yãmin desconfia. — Mas como você soube que o incêndio foi precedido de uma explosão?

— Nada não! — responde Mãrãh — alguns disseram por aí.

São trilhos e mais trilhos que cruzam as árvores e que levam a todos os lugares de Nin. O sistema é exclusivo para os que trabalham no castelo.

Teo se agarra no assento e a cada final de curva é um suspiro de alívio, não que a velocidade fosse alta, mas ao tempo em que o veículo passava pelos trilhos no chão, de repente ele é levantado e obrigado a subir às alturas das árvores mais altas. O sistema de trilhos é que teve de se enquadrar na localização das árvores, justamente para que nenhuma delas fosse cortada para a construção daquela via.

Ao chegar ao hangar, Akribes chama pelo grupo.

— Irmãos e amados heróis, temos pressa. Não há tempo para cerimônias ou despedidas. Os Ruffians já devem estar chegando até Leordo e não podemos deixá-los destruir o gigante de metal.

O enorme portão *sanfonado* abre lentamente sobre as suas rodas.

— Ícaro — Gideão é o primeiro a cumprimentá-lo. — Está tudo em ordem?

— Claro, caro amigo. As *minhas meninas* já se aqueceram e alongaram as asas.

Teo está boquiaberto. Ao acender as séries de luzes de dentro do hangar, ele se surpreende com dezenas de gigantes libélulas pousadas sobre *poleiros* unidos a estreitas plataformas. Cada uma delas devia ter uns sete metros de cumprimento, sendo que um e meio da cabeça até a sela, e cinco metros ou mais do acento até a ponta da cauda. A envergadura das asas media cerca de oito metros de ponta a ponta.

O local está cheio de soldados e aviadores, todos circulando exatamente como numa base militar.

— Eu queria que Jaca visse isso — Teo sussurra para si mesmo. — Ele não vai acreditar.

— Jaca? Está com fome, senhor? – pergunta Yãmin.

— Não, eu apenas pensei alto o nome de um amigo meu.

— Vocês querem se trocar, ou desejam mais alguma coisa para que possam levar?

— Estou bem assim, oficial Gideão – responde Mãrãh. – Além do mais, tudo que eu preciso está aqui comigo.

— E você, Baruch?

— Não vo-vou le-levar nada-da, seee-senhor. Além do-do ma-mais, o que ma-mais p-preciso está aqui-qui na mimi-nha ca-cabeça.

— Meu tambor está aqui, mas podem me trazer *O Livro* – Ed se referia ao *Livro Sagrado*.

Gideão tira do bolso interno de seu casaco o *Sepher-Qãdõsh* que Isabelle lhe entregara na sala de reuniões e joga para Ed. – Ei, músico, cuide bem disso! Podemos precisar.

— Por gentileza – responde Teo – poderiam me trazer a minha bolsa. Posso precisar de algumas coisas que eu trazia nela.

— Soldado! – ordena Gideão – tragam a bolsa do Enviado.

— Ícaro – Teo parece preocupado com a velocidade em voo. – Você sabe me dizer se elas *correm* muito?

— Caro senhor, essas libélulas são os insetos mais rápidos que conhecemos. Acredito que o mais rápido que eu já voei foi em torno de dois mil estádios por hora.

— Misericórdia! Não sei o que significa, mas mesmo assim eu acho um absurdo! – Teo vira as costas para sair dali. – Eu não vou andar nesse *bicho*!

— Calma, senhor – intercede Toiug – não há o que temer. É o meio de transporte mais seguro que nós temos.

Toiug aproveita para chegar perto de Teo e informá-lo em voz baixa.

— Dois mil estádios representam apenas 360 quilômetros por hora.

— Que é isso? Você acha pouco? De onde eu venho, isso é um piloto de *fórmula um* no final de uma reta. Tô fora!

Isabelle intervém.

— Teo, por favor, o senhor chegou até aqui, passou por tudo o que havia de passar. Viu que não é por acaso que está aqui. Vamos lá... Deve haver um pouco de coragem e sentimento de aventura dentro de você.

Teo para no tempo e lembra-se do seu pânico por alta velocidade. Justamente por causa disso é que ele nunca havia tirado as rodinhas de sua bicicleta. Aquele era o momento, por mais que não esperasse de uma vez por todas lutar contra esse pânico e tomar coragem logo de uma vez.

— Está bem, Princesa.

— Acreditamos em você — disse Isabelle, beijando sua face.

— Elas são belíssimas, não é mesmo? — Toiug elogia o bom trato de Ícaro para com aqueles enormes insetos. — Você sabia que o gênio da aviação Alberto Santos Dumont, em 1909, tendo como modelo as formas exclusivas das libélulas, construiu um aeroplano oito vezes mais leve que o *14 bis*, batizado de *Demoiselle* ou Libélula? Atingiu a velocidade de 96 quilômetros por hora!

Ícaro fica perplexo. — Perdão, senhor. Mas quem é Santos Dumont?

Toiug *limpa* a garganta. — Deixa pra lá. Você iria gostar de conhecê-lo.

— Escolham as suas companheiras voadoras — ordena Akribes. — Cuidado. Vamos. Cada um no seu lugar.

As plataformas se elevam por intermédio de um motor até a altura das costas das libélulas, onde havia um assento composto por uma confortável sela, uma bolsa à frente e, no encosto, um sistema de segurança que descia por sobre os ombros e *abraçava* o piloto. Esse assento era colocado sobre um espesso *pelego* de algodão por meio de uma correia que passava por baixo do abdômen do inseto, da mesma forma que um cinto.

— Tomem — Ícaro entrega a cada um dos heróis um conjunto de óculos de aviação e capacete também de couro. — Vocês vão precisar disso.

— Os pés são apoiados nesses aros de madeira presos por uma grossa fita de couro costurado ao assento, por onde também sai o cinto de segurança. — Ícaro continua com algumas instruções. — Atrás do encosto há uma pequena bolsa que contém um paraquedas, e ele está acoplado ao assento. Tudo faz parte de uma única peça. Lembrando que todo o material é flutuante, caso algum de vocês caia na água.

— E como nós pilotamos essa coisa?

— Meu caro Ed — prossegue Ícaro. — É exatamente como cavalgar um cavalo. As correias que vocês vão segurar estão diretamente ligadas às suas mandíbulas. Quando as correias são afrouxadas, as libélulas consideram sempre que é momento de descer e pousar. Se vocês puxarem a direita e a esquerda ao mesmo tempo, elas subirão e ganharão altitude. Por causa disso, o voo de suas libélulas é sempre sinuoso.

Gideão prossegue com as informações.

— Podem ajeitar os retrovisores, e lembrem-se: nunca tentem *lutar* contra elas. Seus resistentes músculos são responsáveis pela movimentação das asas, mas também podem derrubar pequenas árvores. Elas são serenas. Peguem na bolsa frontal seus protetores auriculares, pois as asas fazem um barulho e tanto! Acoplado a eles há um comunicador, vocês poderão se falar enquanto voam, é só apertar o botão e esperar o *bip*. Elas já estão alimentadas, não precisam dar nada mais para elas comerem. E se por acaso elas tiverem fome, elas saberão se virar.

As libélulas são caçadoras tão vorazes que conseguem devorar em menos de uma hora a quantidade de insetos equivalente ao próprio peso. Exímias voadoras, elas são capazes de agarrar suas presas em pleno ar graças aos seus dois pares de asas que funcionam independentemente. Assim, quando precisam voar devagar, o primeiro par bate um pouco antes do segundo; mas quando aceleram, ou quando estão planando, os dois pares batem em *uníssono*.

A cabeça é praticamente formada somente por dois grandes olhos compostos por mais de mil minúsculos *olhinhos*, todos com o próprio cristalino e retina, permitindo-lhe, dessa forma, uma visão tão boa quanto a da maioria dos insetos. A libélula percebe os menores movimentos de uma presa, por mínimos que sejam, e sai à caça, pegando-a em uma cesta formada por suas pernas e geralmente comendo-a em pleno voo, garantindo assim parte da refeição diária de que necessita.

As pequenas libélulas podem chegar a 90 quilômetros por hora, enquanto as abelhas voam até 20 por hora.

Esses insetos são *bioindicadores* da qualidade ambiental. Quem tiver qualquer dúvida quanto à qualidade da água de um rio, ou de um lago, poderá fazer um teste, que é simplesmente observar se há libélulas ao redor. Isso porque a menor alteração da água ou do ar já será bastante para expulsá-las do lugar, além de impedir que dos ovos saiam novas larvas. A grande inimiga à vida das libélulas é a poluição ambiental.

— Então é isso, pessoal — despede-se Ícaro — para começar é só bater os calcanhares.

Selena e Isabelle se afastam por causa do vento forte promovido pelo bater das asas e se posicionam na saída do hangar.

Ícaro e Akribes ficam sobre a primeira plataforma, aguardando a decolagem das libélulas.

— Todos em posição?

— Sim, Gideão! — responde Yãmin.

— Sim, se-senhor.

— Perfeitamente — Mãrãh responde.

— Ok, Gideão.

— Como nunca! — respondem Teo e Toiug, respectivamente.

Ed responde com um rufar de tambor.

O som fica ensurdecedor e o vento é poderoso.

— Vamos. Puxem! — Ícaro orienta — o céu está limpo, a noite será clara e não há vento. Podem ir!

— Baruch!

— Po-pois não, Gi-gideão — responde aos gritos o pobre gago.

— Você vai à frente, afinal você sabe o caminho. Eu vou logo atrás de você. Mãrãh à esquerda de Teo e Yãmin à direita. Na retaguarda, segue imediatamente Toiug e por fim Ed. Essa será a nossa formação.

— Vamos! — Yãmin grita — Pode aguardar, Leordo, já estamos a caminho!

As elegantes e ligeiras libélulas levantam voo passando pelo portão do hangar, bem sobre as cabeças de Selena e Isabelle, que teve de segurar a sua tiara.

— Força e paz, meu amor — Selena acena para Gideão.

Akribes enxuga uma lágrima.

O voo de Teo parece não ir muito bem. Sua libélula levantou noventa graus e está indo diretamente para cima.

— *Aranhas torturantes*! Como é que eu faço com esse *troço*?

Mãrãh voa ao seu encontro para ajudá-lo. Logo atrás vai Toiug.

— Fiquem parados onde estão — ordena Gideão. — Deixem que eles resolvam.

— Calma, senhor! — Mãrãh mantém sua libélula paralela à de Teo. — Lembre-se do que Ícaro disse. Solte aos poucos a correia!

— Ah! Eu tô apavorado! — Teo permanece com os olhos fechados.

— Abra os olhos. Abra os olhos! — insiste Mãrãh.

Teo abre um olho após o outro.

A essa altura, eles atravessavam espessas nuvens.

— Agora afrouxa as correias, solte devagar e nivele.

— É como cair de moto — Toiug tenta ajudar. — Quando cair, é melhor soltar o guidom, pois a tendência é acelerar. Solte as correias aos poucos! Aperte a barriga com as pernas e solte aos poucos as correias!

Mãrãh fica confusa com a ilustração de Toiug, mas parece funcionar.

Teo, apavorado com a velocidade daqueles insetos, resolve soltar aos poucos as correias que puxava para cima.

A sua libélula aos poucos nivela paralelamente ao solo.

— Isso! Continue empurrando para a frente.

Teo respira fundo. Ele precisa voltar ao nível dos demais.

Finalmente, após a ajuda de Mãrãh e Toiug, Teo se agrupa novamente e refazem a formação anterior.

— Obrigado, Mãrãh — agradece Teo.

— Isso não foi nada, senhor. Faz parte do meu dever.

— Muito bem, Mãrãh! — elogia Yãmin.

Todas as libélulas pairam na formação que Gideão ordenara.

— Todos prontos? — Gideão levanta o braço direito. — Sigamos, heróis!

Ao longe, já dava para avistar a torre leste, uma das quatro torres que servem como faróis no limite da cidade Nin.

O céu está estrelado, mesmo com a Lua se pondo no horizonte. Uma noite perfeita para voar.

Baruch, adiante de todos, lidera a corrida à Terra do Contra, enquanto Ed solta as mãos e, com as pernas abraçando sua libélula, ele rufa seu tambor com uma forte marcha.

No horizonte há um feixe de luz que sobe ao céu. É a Floresta Iluminada, o primeiro estágio daquela viagem.

Helena se reencontra

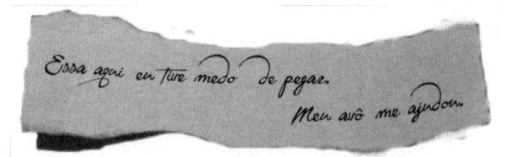

Epiphile orea

Essa aqui eu tive medo de pegar.
Meu avô me ajudou.

No sítio de Guiot, Tina, Ayra e Helena se juntam na sala de estar.

– E aí, ligamos ou não ligamos?

– Helena – responde Ayra – você sabe que devemos esperar 24 horas. A polícia não pode fazer nada por enquanto.

– Isso mesmo, mamãe. Quer dizer que estamos com os pés e as mãos atados.

Tina olha para o *carrilhão* na parede. – Já são quase oito horas. Alguém quer alguma coisa pra comer?

– Não quero nada. Perdi a fome – responde Helena, levantando do sofá.

– Onde é que você vai, minha filha?

– Vou lá para os fundos, vou ficar na varanda esperando por eles.

– Gente, vou comer. Não adianta ficar na *fossa*.

– Como é que você consegue *ter estômago*, Albertina?

– Mamãe, eu estou com fome. Só isso. Teo não é nenhum maluco e vovô é extremamente responsável. Quem sabe os dois se encontraram e saíram do sítio pra dar uma volta. Ou de repente, enquanto nós procurávamos no riacho, eles passaram por trás de nós, chegaram em casa e não encontraram ninguém e saíram à nossa procura pela cidade?

– Tina, deixa que eu esquento a comida no *microondas* – sugere sua avó.

Helena olha para a lanterna que havia deixado sobre a mesa da varanda dos fundos. Ela sabe onde seu pai guarda as pilhas, lâmpadas e outras coisas.

— A gaveta da cômoda!

Helena corre para o quarto de seu pai, abre a terceira gaveta de sua cômoda e vasculha apressada, à procura de pilhas para a lanterna.

— Pronto!

Novamente Helena corre até a varanda e recarrega a lanterna de seu pai.

— Ei! O que você tá fazendo, mamãe?

— Não se mete nisso, Albertina. Fica aqui com a sua avó.

— Mas mãe...

Helena ilumina o quintal dos fundos e parte para dentro da escuridão.

— Eu já volto. Prometo que não demorarei.

— Volta aqui, mamãe!

— Deixa, Tina. Deixa ela ir. Tenho certeza que tudo vai dar certo. Helena não vai conseguir encontrar Teo e seu avô.

— Como você tem tanta certeza, vovó?

— Apenas sei, minha neta. Apenas sei...

Helena atravessa a ponte de corda com apenas três passos. Sua respiração está ofegante. Há anos que ela não passava ali e por isso Helena reduz a velocidade e fica mais cautelosa.

— Tudo não mudou muito desde a última vez que estive aqui. Só as árvores é que estão bem maiores.

O abacateiro, a mangueira-espada, o pé de romã, o cajuzeiro e a jabuticabeira, as bananeiras... o ipê.

— Interessante. Papai cortou o velho ipê e plantou outro em seu lugar?

Helena se aproxima da pequena árvore e a tateia sob a luz da lanterna.

— Como pode?

Alexandre Monsores

Seus dedos tocam o baixo-relevo de uma inscrição marcada a canivete no jovem tronco: "Helena esteve aqui, 12-06-85".

– Não pode ser. Há mais de vinte anos eu gravei isso e a árvore era maior que é hoje. Como esse ipê conseguiu encolher?

Helena não entendia como aquela árvore diminuíra de tamanho, mesmo estando perfeitamente saudável.

De repente, ela começa a ouvir pequenos estalos.

Helena olha para todos os lados iluminando com sua lanterna sem nada poder ver.

Os estalos ficam em maior quantidade e mais altos.

– O que é isso?

São como se muitas pessoas estivessem estalando os dedos.

– Esse som vem da árvore!

Quando Helena resolve iluminar a fenda no pequeno ipê, ela se espanta com o que acontece. Centenas... milhares de pequenas borboletas saem pela fenda e avançam sobre seu corpo.

Helena cai sentada sobre um monte de folhas secas, deixando a lanterna cair e coincidentemente iluminando-a.

As borboletas pousam sobre ela, outras voam sobre sua cabeça e Helena sacode os braços e pernas no vão intuito de espantá-las. São amarelas, vermelhas, azuis, multicoloridas borboletas.

– Xô, xô! Saiam daqui! Deixem-me em paz!

Naquele momento, o tempo parece parar. As borboletas ficam inertes, as árvores petrificadas e sem movimento e Helena, sem poder se mover, apenas ouve uma serena voz em seus ouvidos.

– Não tema, minha filha.

Em seus pensamentos, Helena questiona – de quem é essa voz?

– Descansa e aquieta o seu coração. Seu pai e seu filho estão bem.

– Mas quem está falando? – Helena não consegue mover um músculo sequer.

— Tome sobre você a paz. Volte para a casa e cuide de sua mãe e sua filha. Você terá os seus amados pela manhã.

— Mas como...

A luz da lanterna pisca como se estivesse falhando.

Helena é tomada por uma aura ao seu redor, algo que a esquenta e a tira uns dez centímetros do chão.

Alguns segundos parecem eternos.

Tudo volta a se mover de repente, as borboletas, o vento corre como antes, tudo volta ao normal. Helena repousa no colchão de folhas.

Ela consegue abrir um olho e ver a lanterna que agora funcionava bem.

Helena a alcança e dá um último *pinote* e se põe para fora dali deixando aquele *panapaná* para trás. Na correria não teve tempo nem condições de reparar o guarda chuva de seu pai encostado no tronco do ipê.

Em menos de um minuto Helena chega à varanda da casa de seus pais. Ali Tina e Ayra a esperavam.

— O que houve, mamãe? Por que essa cara?

— Nada demais, Tina. Apenas fui surpreendida por um monte de borboletas. Elas me cercaram e me cercaram...

— Onde foi isso, minha filha?

— Assim que eu cheguei *ao* ipê, eu comecei a ouvir uns barulhos estranhos, e quando eu menos esperava, elas apareceram e me fizeram até cair no chão... Ah, sei lá! Muito estranho.

— E o que você viu lá.

— Foi muito estranho, Tina. De repente, tudo parou e uma voz falava dentro da minha cabeça...

— *Ih*, vovó. Mamãe pirou de vez.

— Nada disso! Deixe sua mãe falar.

— Pois é, tudo parou, o tempo parou e eu ouvi essa voz me

falando que Teo e papai estão bem.

– Eu imagino que estão, Helenica. Eu sei que estão bem.

– O mais interessante, mamãe, é que eu senti uma paz, uma tranquilidade dentro de mim. Algo que não sei como explicar.

– Tudo bem, minha filha – Ayra abraça Helena – vamos para dentro. Compartilhe esse sentimento de paz conosco.

– Mamãe, agora eu sei que eles voltarão são e salvos. Mas como eu posso ter tanta certeza?

– Eu não sei, Helena. A experiência que você teve é somente sua. É pessoal.

– Só sei que você está melhor assim. Não aguentava mais você como estava.

– Tina, faça como sua mãe. Recomendo que vocês descansem e durmam. Amanhã teremos novidades.

Ayra leva sua filha e neta até o quarto em que reservara para elas.

– Eu não sei que sono é esse que me deu.

– Helena, hoje o dia foi *bem cheio*. Vamos lá, troquem de roupa e vão se deitar.

– Mas vovó...

– Hora de ir para cama, Tina. Fique com sua mãe – Ayra se coloca em pé à porta do quarto. – Vou deixar a porta dos fundos encostada. Eu também irei me deitar. Boa noite, meninas.

Ayra semicerra a porta do quarto e sai.

Tina senta na cama debaixo do beliche para finalmente tirar o *All Star* dos pés enquanto Helena abre uma gaveta da cômoda e apanha roupas mais *leves* para dormir.

– Mamãe, conta pra mim. O que houve de verdade?

Helena joga uma enorme camisa dos Beatles para Tina, que na verdade serviria como pijama.

– Eu não sei, minha filha. Mas foi muito real. De vez em quando eu me surpreendo com as coisas que acontecem por aqui.

A cidade e meus afazeres enquanto mãe e dona de casa, responsável pela segurança de vocês e a gerência do trabalho... ufa! Tudo me deixou distante, e muitas coisas me fazem ser menos sensível a outras coisas.

— Como assim?

— Às vezes, esse lugar me assusta, mas é aqui que eu me sinto calma. Quando minha mãe me abraça, quando o Seu *Guigui* me beija. Quando passeio pelo quintal e respiro fundo o ar pela manhã. Quando eu cheiro as toalhas de banho, ao me enxugar depois de uma boa ducha, quando chove e quando tomo o café da mamãe comendo os *bolinhos de chuva* que ela faz, o cheiro do *creme rinse* da sua vó e o hortelã que brota junto à graminha japonesa, o canto da cigarra nos finais de tarde, são coisas que me reportam a uma época que não volta mais. Eu menina. Eu criança. Quando tinha alguém que tomava conta de mim.

Tina senta ao lado de sua mãe, na cama de solteiro, e segura em sua mão.

— Eu nunca percebi isso, dona Helena.

— É assim mesmo, Tina. A gente só dá valor quando perde. Depois que eu me casei e passei a vir menos a este lugar maravilhoso, eu confesso que fiquei mais fria. O que aconteceu hoje, ainda agora, serviu como que um despertar pra mim. Eu preciso voltar a me interessar pelo que eu tenho desde o berço, as tradições de meus pais, o respeito por este lugar e a natureza. O sobrenatural e os arrepios na pele.

Helena levanta e apaga a luz, deixando apenas a claridade da lâmpada do quintal que passava pelas frestas da janela.

— Então você precisa vir aqui mais vezes, mamãe.

— Nós precisamos, minha filha — Helena cobre Tina com o edredom — eu quero compartilhar tudo de bom que eu tive e tenho neste lugar. Eu preciso compartilhar a paz que eu tenho e entendo daqui. Deixar de lado a correria da minha vida e viver a cada dia sem a ansiedade que me consome. Não estou falando que vou largar o meu emprego, nada disso, só estou afirmando que vou dar mais valor às coisas espirituais. Senão, daqui a pouco vocês estão crescidos...

— Eu já tô crescida, né mãe!

— Tá bom. Mas daqui a pouco o tempo passa e eu não me permiti viver e ensinar vocês a viver as coisas que realmente são mais importantes e boas da vida.

— O que, por exemplo?

— A família. — Helena deita na cama e se cobre. — A nossa foi fragmentada há um ano. E eu não posso fragmentar ainda mais. Temos de nos unir mais a cada dia.

— O que mais?

— Outro exemplo é Deus. Humberto tinha certas convicções que eu nunca me permiti acreditar. Eu nunca tive o tempo que ele tinha de ler a Bíblia ou ir à igreja. Até mesmo que, pra mim, Deus é muito mais que isso. Ele não se limita entre quatro paredes ou em algumas tantas folhas de papel de um livro.

— Mas, mamãe, papai dizia que a Bíblia não é simplesmente um livro. Ele mesmo dizia que Isaac Newton afirmou uma vez: "Há mais indícios seguros da autenticidade na Bíblia do que em qualquer história profana". E até mesmo Albert Einstein, quando afirmou que "Deus não joga dados".

— É verdade, Tina, eu me lembro disso. Você prestava muito atenção em tudo o que seu pai falava. — Helena aproveita para acariciar a cabeça de sua filha. — Eu é que me deixei relaxar quanto a isso. E, além do mais, minhas perguntas nunca tiveram respostas. Ou pelo menos, nunca conheci certas *verdades*.

Tina estica o braço esquerdo e pega o celular que estava no chão. — Só um minuto. — Ela procura no *menu* a Bíblia que seu telefone possui como um dos seus aplicativos. — Achei. Toma. Lê!

No visor que iluminava sua face. estava aberto um versículo:

1Timóteo, 2.3,4: *"Pois isto é bom e agradável diante de Deus nosso Salvador, o qual deseja que todos os homens sejam salvos e cheguem ao pleno conhecimento da verdade".*

— Viu, mãe? Primeiro é ser salvo. Depois se aprofundar na verdade! Faz o seguinte, descomplica, vai!

— Misericórdia! Essa não é a minha filha que anda vestida de preto e lápis no olho...

— Dona Helena — Tina interrompe o comentário de sua mãe. — O que isso tem a ver? Até hoje, antes de eu ter um *papo* muito legal com minha vó, eu pretendia ser alguém que na verdade não era. Você sabe o que passamos e pra mim foi *barra*! Mas o que eu posso fazer? Nada que eu faça vai poder trazer papai de volta! Mas esse papo todo aí de Deus... e Bíblia... Isso eu não tenho como esquecer. É uma das coisas que mais guardo do meu pai em mim e isso me faz sentir menos saudade dele.

O silêncio toma conta daquele quarto.

— Mamãe?

— Oi, Tina. Eu tô orando.

— Desculpe.

— Tudo bem, pode falar.

— Eu preciso de você! — Tina fala baixinho com a voz chorosa.

— Que é isso, meu amor... — Helena beija a testa de Tina.

— É porque eu nunca disse isso pra meu pai. Não quero perder a chance com você!

— Eu também, minha filha. Eu também. Agora durma, amanhã vamos todos estar juntos.

Apenas os grilos lá fora e o arrastar das pantufas de Ayra podiam ser ouvidos.

A matriarca ajoelha-se ao lado da cama.

Sua mão direita está sobre um livro grosso e preto. E desta vez não é o *Sepher-Qādōsh*, e sim outro... A Bíblia Sagrada.

Lâmpada para os meus pés, Luz para o meu caminho

Heliconius erato phyllis

Essa foi a minha primeira foto. Até que eu fui bem...

Ao pé daquele planalto, a grama estava seca e os guerreiros puderam parar por um breve momento para que os tríclopes pastassem. Devile desmonta de seu animal e vislumbra o último trajeto até o seu destino final.

— Uma breve pausa, soldados. A partir daqui iremos a pé.

Devile guarda o mapa na bolsa de sua sela, apanha um odre e repõe a energia tomando uns goles de água.

Os guerreiros alongados, exímios arqueiros, aproveitam para afiar as pontas de suas flechas. Os demais se exercitavam simulando ataques entre si e disputas com suas espadas, machados e clavas.

— Prestem atenção, odiosos Ruffians! Assim que o sol se por, subiremos o planalto. Não há nada o que saquear e nada faremos a não ser destruir a grande estátua de Leordo. Eu quero ser o primeiro a desmontá-lo! Começarei arrancando os seus olhos... Os olhos de Leordo.

Totum acelera o seu veículo de guerra, puxa o manche e decola sobre seu quartel. Abaixo dele, alguns de seus soldados em formação. Nenhum deles sairia dali enquanto não recebesse ordem expressa para a invasão à Vila Nin.

— Algo me diz pra conferir pessoalmente o que Devile e o nosso traidor estão fazendo. Nada pode dar errado!

O grande general põe a mão sobre sua *besta* pronta e armada. Totum contorna as montanhas pedregosas vendo, através do radar de sua nave, sete libélulas, todas em formação.

— Lá estão eles. Devo manter uma distância segura para que não me vejam.

À frente vai o grupo de heróis. A cada rajada de vento mais forte, Ed aumentava o volume de seu rufar e gritava.

— Você é louco! — grita Teo, se dirigindo a Ed.

— Relaxa, senhor! Converta o seu medo em prazer! Estamos fazendo e cumprindo a obra de Únitri. Tenho certeza que não existe nada melhor que isso.

— O senhor está indo muito bem.

— Obrigado, Toiug. Para quem nunca voou em uma libélula... Quem sabe eu levo uma dessas pra casa.

— Duvido muito, senhor. Ela não passaria pela fenda da árvore.

— O que você disse? — Teo se espanta com a observação de Toiug.

— Nada não! Eu só disse que não haveria onde guardar.

Teo levanta os ombros como se ficasse por isso mesmo. Seus olhos já não fecham mais devido ao medo da velocidade e ele já se dá ao luxo de soltar rapidamente uma de suas mãos para ajeitar os óculos que estavam sobre os de grau.

A claridade está mais próxima.

— Preparem-se para subir mais um pouco — informa Gideão. — Vamos voar sobre as nuvens.

— O que você disse? — Mesmo com o comunicador, o volume do som das asas os forçava a gritar.

Gideão apenas aponta para cima como sinal de que haveriam de subir mais.

— *Lagartixas peçonhentas*! — reclama Teo. — Vocês querem me matar?

— Perdão, senhor. Mas esse é o único jeito de sobrevoarmos a Floresta Iluminada — argumenta Yãmin. — Acima das nuvens, nós, que estamos sem óculos de proteção ficaremos mais seguros. E não é somente isso, elas agradecem.

O generoso militar se refere aos milhares de olhos sensíveis de suas libélulas.

Baruch é o primeiro a puxar as correias e pegar mais altitude. O grupo acompanha seus movimentos.

Mais alguns instantes e eles passam as nuvens.

O céu estava *limpo*.

— Beleza! Que lindo. É o mesmo céu de Mauá. — Teo fica maravilhado com o número de estrelas que decoravam o céu.

Logo atrás, Totum aciona o dispositivo de visão noturna para poder acompanhá-los naquela escuridão.

— Vocês não vão escapar de mim.

O líder dos Ruffians sobe e também atravessa as grossas nuvens ficando bem atrás dos Nins.

— Que luzes são aquelas que se movem? — Ed fica incomodado com algumas luzes que apareceram em seu retrovisor. — Não pode ser! Não há por essas terras máquina alguma que possa voar.

A altura do banco não permitia que virassem para olhar para trás.

A claridade das nuvens torna aquele pedaço do céu como se estivesse amanhecendo. Eles estavam sobre a Floresta Iluminada.

— *Urru*! Estamos sobrevoando o paraíso de Únitri!

Mãrãh censura a comemoração de Toiug balançando a cabeça.

Ed para de tocar o seu tambor. O dedicado músico levanta as duas mãos e, como um gesto de adoração, ele vira a face para o alto e inicia uma pequena canção: *Eu não tenho nada de valor em mim...*

— Ei, assim você vai irritar a sua libélula! — Mãrãh ironiza com um jocoso comentário o cantar de seu companheiro. — Ainda bem que você não é vocalista.

Ed aumenta o volume só para provocar Mãrãh, fingindo que não a tinha escutado – *Mas tudo o que eu tenho é Teu*...

Yãmim sorri ao ver o que o Hillaweh fazia pelo retrovisor.

– Pre-precisamo-mos de-descer. A escurida-dão est-tá lo-logo adi-diante. Está termi-minando o li-limi-te da flores-ta-ta.

– Vamos descer! – confirma Gideão. – Logo as nuvens irão se dissipar e sobrevoaremos o Abismo Eterno.

Ao contrário do que as libélulas fizeram, a máquina voadora permanece no nível em que estava. Totum acha mais seguro ficar no alto, afinal de contas, o dispositivo de visão noturna permanecia ligado e não estava difícil segui-los.

A escuridão da noite preocupava os pequenos heróis. A Lua estava atrás e distante no horizonte, por detrás da Planície das Rochas que Choram.

– O que faremos agora?

– Calma, senhor – tranquiliza Yãmin. – Está muito escuro por essas *bandas*, não há moradias por aqui. Nada que possa nos guiar por terra.

– Na-não enxer-g-go um pa-palmo do-do m-meu na-nariz!

– Ei, eu tive uma ideia – Ed sai de sua posição acelerando o voo para se aproximar de Baruch.

– O que você está fazendo?

– Calma, Gideão.

Ed dá a volta por Toiug e emparelha a sua libélula com a de Baruch.

O nobre músico solta o tambor prendendo-o apenas pela correia que atravessava o seu tronco e pega na bolsa frontal ao assento o Santo Livro.

– Esse cara é louco? – pergunta Teo se virando para Mãrãh. – A gente não consegue enxergar o que está pela frente e ele resolve ler um livro?

Alexandre Monsores

Ed abre o grosso livro e aponta para baixo.

— "Lâmpada para os meus pés é a tua Palavra, e luz para o meu caminho!" — Ed grita o que pareciam palavras mágicas.

O que acontece naquela hora é tão surpreendente quanto assustador. Um feixe de luz sai por aquelas páginas.

Como um farol, o Sepher-Qãdõsh ilumina toda a terra pela qual estavam sobrevoando, fazendo que logo aparecesse aquela imensa fenda que rasgava o solo, O Abismo Eterno.

Teo parece não acreditar no que vê.

Mãrãh não consegue fechar a boca.

Todos, exceto Ed, estão perplexos com o que estavam vendo.

— Obrigado, Únitri! — Gideão grita apontando sua mão esquerda para cima. — Muito obrigado!

— Bem que a Princesa disse que poderíamos precisar. — Yãmin lembra o conselho de Isabelle.

A ponte sobre o abismo está bem abaixo deles.

— Esta-ta-mos na di-direção cert-ta.

— O que é aquilo? — Totum não entende o que os seus olhos estão vendo. — Que holofote aqueles vermes estão carregando?

O general Ruffian apaga todas as luzes externas de sua máquina voadora com o intuito de camuflar-se na escuridão e aproveitar a luz que saía de algum objeto que um deles segurava e apontava para baixo.

— Isso não importa, na verdade ficou até mais fácil segui-los.

Os jovens heróis passam acima do portal da Terra do Contra e Gideão sugere que eles parem.

— Alto! — As libélulas mesmo em formação permanecem perfeitamente paradas. Suas asas vibram com incrível velocidade. — Baruch, para onde seguir? Esse certamente é o lugar mais perigoso para nos perdermos. E nada, absolutamente nada pode nos desviar do caminho.

— Is-sso mes-smo, Gi-gideão. Nad-da po-pode nos de-desviar, na-não é mes-smo? Por is-isso m-mesmo que as inf-forma-mações d-do map-pa n-não serv-vem p-para nós.

— Como assim? – questiona Mãrãh.

— É ma-mais simp-ples q-que i-mamagi-nam-mos. As dic-cas do map-pa n-não ser-v-vem por-q-que o ca-caminho cor-ret-to é o ret-to.

— Não acredito!– prossegue Yãmin. – Quer dizer que as dicas que continham em todos os mapas eram para desviar quem pudesse segui-las? E que na verdade o caminho certo é permanecer reto, seguindo a direção do portal?

— Co-cor-re-t-to. As di-dicas não s-só des-vi-viavam, co-como t-tamb-bém atr-trasav-vam. E pa-para com-pli-plic-car aind-da m-mais, as ori-ent-tações d-do ma-mapa eram in-ver-versas. Qua-quand-do se di-dizia pa-para ir a di-direit-ta, era pa-para se-seguir p-para a esq-querda. E as-ssim p-por di-diant-te.

— Então, a intenção do mapa, pelo menos nesta parte, era justamente confundir quem pudesse furtá-lo para que aqui se desviasse do caminho e se perdesse sem encontrar o Castelo de Leordo.

— Is-sso m-mesmo, Ma-Mãrãh.

A guerreira solta uma gargalhada.

— Então vamos, meus amigos! Baruch, venha para a retaguarda enquanto Ed vai à frente – ordena Gideão. – Agora que sabemos que é só seguir reto, seguindo a direção do portal da Terra do Contra, fica mais fácil. Vamos!

Todos voltam a se agrupar com uma pequena diferença, mas nada que pudesse alterar a forma de *cruz*. Ed agora vai à frente iluminando o caminho por onde passam.

Totum, que voava invisível e em círculos enquanto as libélulas estacionavam no ar, volta a seguir os pequeninos.

A chegada ao Castelo
A grande batalha

Heraclides anchisiades capys

A tina chama essa aqui de vinvinha.
Foi na época que ela andava meio deprê!

Devile é o primeiro da fila de Ruffians que sobem pela íngreme face do planalto. Alguns estavam com tochas nas mãos e outros com pedaços de *Ash* para iluminar o caminho.

Os soldados montados deixaram seus tríclopes na base da montanha enquanto os alongados se desfizeram de seus extensores de pernas, abandonando-os, pois não poderiam subir o terreno acidentado usando as longas pernas de metal.

A noite impedia que se percebesse o cenário ao redor. Quedas *invertidas* d'água eram ouvidas perto dali, corujas brancas voavam espantadas com o movimento dos guerreiros e coiotes uivavam ao longe. A natureza foi generosa naquele lugar.

Uma trilha de pedras foi construída pelos Nins, e Devile aproveita o caminho descrito no mapa como uma espiral, para escalar o monte.

— Vamos por aqui. Esse caminho vai nos levar ao castelo. Mesmo que demos voltas pela montanha, parece a melhor forma de chegarmos até lá.

— Senhor! Que feixe de luz é aquele ao longe? Parece em movimento.

— Não sei, soldado — Devile olha ao redor.

— Ei, você! Dê-me isso — o major Ruffian pega uma corneta de chifre presa à cintura de um de seus soldados e entrega ao guerreiro. — Tome! Fique de guarda aqui. Se aquela luz se aproximar demais e você perceber que nos oferece perigo, toque três vezes. Ficaremos atentos quanto a isso.

Próximo a uma escarpa, o solitário soldado fica de vigia.

— Que luzes são aquelas lá embaixo? — pergunta Yãmin.

— Parecem tochas e lanternas Ash.

— Sim, Gideão. Isso mesmo!

— São Ruffians! Centenas deles! — Toiug acrescenta. — Muitas centenas de Ruffians!

— E já estão mais da metade do caminho. Não chegaremos a tempo.

— Que isso, Mãrãh! Estamos mais rápidos que eles e chegaremos primeiro.

— Isso mesmo, Teo — Gideão aparelha sua libélula com Ed. — Feche o livro, Ed. Feche o livro!

Ed fecha e guarda o S*epher-Qãdõsh* na bolsa de sua sela.

— Que estranho, a luz desapareceu!

O soldado Ruffian, que havia ficado como sentinela, coça os olhos e acredita que a luz poderia ser apenas uma ilusão de ótica ou uma estrela cadente e resolve sentar sobre a pedra em que estava.

— Muito bem, vou ficar aqui descansando. Batalha que nada!

— Já estamos na lateral do monte e dentro em breve avistaremos as luzes do Castelo de Leordo. Precisamos ser discretos ao chegar lá.

— Perfeito, Gideão! — aprova Yãmin.

A *esquadrilha* de libélulas gigantes circunda a face leste do monte.

E, de repente, construído entre duas gigantescas rochas, quase como se fosse feito delas próprias, o castelo de Leordo.

A estrada de pedras leva ao único portão de entrada e este ao pátio que antecede a gigantesca porta de madeira entalhada com as mesmas figuras musicais, as duas claves de dó invertidas uma de costas com a outra, simulando a figura de uma borboleta.

O acabamento das imensas janelas era de Ash, assim como os telhados das torres e nos pequenos detalhes dos cantos e contornos da construção. Era impossível não ver o castelo no meio daquela escuridão. O castelo de Leordo reluzia ao longe, parecia desenhado com luz.

— Lá está ele! — Teo foi o primeiro a ver.

— Sim! Co-como não re-reco-conhece-cer. Lin-dodo, na-não?

— Urru! Vamos, heróis — adianta-se Ed, rufando o seu tambor.

Ao longe, Totum avista mais abaixo, pelo dispositivo de visão noturna, os seus guerreiros marchando pelo pedregoso caminho. — Muito bem. Vou procurar um lugar para pousar essa geringonça e surpreendê-los. Os pirralhos já estão chegando ao castelo e devo ser paciente. Eu mesmo quero o pescoço do Enviado. Vou pendurar sua cabeça na parede do meu gabinete!

Os pequenos dão uma pequena volta por sobre o pátio frontal do castelo a título de reconhecimento e pousam sobre sete troncos dispostos propositadamente para a chegada deles.

— O que é aquilo escrito sobre a porta? — Teo ajeita os óculos com o dedo e semicerra os olhos para tentar enxergar uma placa pendurada sobre a gigantesca porta.

— Onde?

— Ali, Toiug. Sobre a porta.

— Sim, estamos vendo. Parece que está escrito "onde".

— Onde?

— Isso mesmo, Ed. *Onde* é o que está escrito — insiste Gideão.

— Não, Gideão! Onde? Onde está o que vocês estão vendo?

— Ali, caramba! — Gideão segura o rosto de Ed e vira em direção à placa no alto da porta.

— Ah... On-de-de!

— O que significa aquilo, Baruch?

— Não s-sei, Yãm-min. Ma-mas va-vamos ve-ver.

— Que som é esse? — Ed, com seu ouvido supersensível, ouve ao longe um forte som. — Silêncio, por favor.

Enquanto o restante atravessa o pátio em direção à porta, Ed aproxima-se do imenso portão de ferro, destrava o pino de segurança e o abre. Então chega à estrada de pedra e põe os ouvidos ao chão.

— Por Únitri! São passos! Muitos passos, parece uma marcha!

— Corra, Ed! Venha para dentro — Gideão adverte o seu amigo. — São os Ruffians!

Ed avança pelo portão, trava novamente o pino e corre em direção à porta de entrada do castelo de Leordo.

Os demais se juntam a ele e procuram uma forma de abrir aquela pesada porta.

— E agora? — pergunta Mãrãh com sua besta em punho — o que faremos para abrir esta porta?

— Você deve saber, Baruch. Você escreveu todos os detalhes no mapa.

— Po-pois é, Yã-mi-min. S-só o q-que eu s-sei é q-que de-deve ter uma cha-charada p-por aqui-qui, e is-so não es-tatá n-no ma-mapa.

— Vamos procurar qualquer dica, placa, sinal, qualquer coisa que sirva de charada para abrir a porta — ordena Teo. — Rápido! Agora até eu estou escutando a marcha!

Todos olham para a porta, paredes, espalham-se pela frente do castelo no intuito de encontrar algo que possa ser a *tão* esperada chave daquela porta, mesmo não tendo fechadura.

— Vejam, olhem aqui! — Toiug chama a atenção dos seus companheiros para uma pequena placa colocada ao lado esquerdo da porta do castelo.

"Cuidado..."

— Ué! Cuidado? Claro que temos de ter cuidado, *manê*! — Toiug reclama. — Os Ruffians estão na nossa cola!

— Cuidado com o quê? — pergunta Yãmin.

— Ei! Aqui tem mais! — À direita da porta, Ed encontra outra pista. — Essa plaquinha aqui tem mais uma palavra.

"Pisam."

— O que tem a ver *cuidado*... e *pisam*? — Mãrãh se incomoda com a demora e a pista que parecia difícil e ao mesmo tempo tola.

— Cuidado... Pisam... Deve ter outra coisa no meio delas — Teo medita. — Algo que sirva para dar lógica a isso tudo.

Então o Enviado se afasta da porta e olha para cima dela, onde se destaca a grande placa que eles viram assim que chegaram ao castelo. E nela está escrito: ...Onde...

— Isso mesmo! "Cuidado onde pisam". Essa é a pista!

Todos correm de onde estavam e olham atentamente para uma empoeirada inscrição em *baixo-relevo* no piso de entrada do castelo, que separa o pátio da enorme porta.

— O que está escrito aqui?

— Não dá pra ler direito, Teo — responde Gideão, preocupado com o som da marcha que se aproximava velozmente.— Está com muita poeira e areia.

— Esperem — Yãmin corre em direção a sua libélula e monta. — Afastem-se! Vamos dar uma ventilada nessa sujeira toda.

Naquela mesma hora, os jovens correm para o canto da porta e, virados com os rostos para a parede, cobrem seus olhos, nariz e boca.

Yãmin decola com a sua libélula e voa baixo em direção à porta, ficando sobre a inscrição no chão.

— Mais um pouco, minha amiga. Vamos!

Ele se aproxima sem tocar o solo.

A ventania provocada pela velocidade e poder daquelas asas faz a areia e poeira levantarem, e assim limpar a inscrição marcada no piso.

— Isso! Muito bem, minha amiga! — comemora Yãmin. — Agora volta para o poleiro.

Quando o nobre soldado chega junto ao grupo, todos estão perplexos com a misteriosa inscrição.

— Mas o que significa isso? — Yãmin pergunta.

— É o que estamos tentando desvendar, meu querido! — Mãrãh responde ironizando.

A inusitada inscrição revela uma pergunta que precisariam de tempo para resolver, e tempo é algo que eles não têm naquele momento.

Há um ser, que dependendo da hora do dia,
O número de seus pés varia.
Pela manhã, somente com quatro pés pode se mover,
Enquanto pouco tem a dizer.
Pela tarde com dois pés ele se move,
Já preocupado para que seus dias se renovem.
E à noite com três pés ele anda,
E nessa hora nem em si mesmo ele manda.
Que criatura será? Não há tempo para divagar!

— O que é que, de manhã tem quatro pés, à tarde tem dois pés e à noite possui três pés? — Yãmin bate nas pernas como sinal de total desespero — isso é ridículo!

— Que bicho é esse?

— Sei lá, Mãrãh!

— Teo, de onde você veio tem um bicho assim? — pergunta o entusiasmado Gideão.

— Eu não sei, Gideão!

Alexandre Monsores

— P-por Ú-ni-trri, o q-que fa-fare-mo-mos?

A marcha aumenta a tensão dos jovens heróis. O barulho está mais alto.

— Parece que os Ruffians estão bem perto. Vamos logo! Vamos arrombar!

— Nada disso, Mãrãh! Isso é parte do nosso patrimônio! — intervém Yãmin.

— Isso mesmo. Além do mais, você já reparou no tamanho e peso desta porta? — argumenta Toiug. — Como é que você acha que dá pra derrubar isso. Vamos arrumar um jeito.

Toiug tranquiliza o grupo como se soubesse a resposta daquela enigmática charada.

— Vamos ver...

— Como assim "vamos ver", Toiug? Você sabe a resposta disso?

— Eu acho que sim, Ed. Deixe-me ver.

Toiug se aproxima do baixo-relevo e coça o queixo fazendo charme. Ele sabia que aquilo era fruto de uma antiga história, escrita em seu mundo, além do ipê.

— Pela manhã, eu ando com quatro pés. À tarde, eu ando com dois pés e à noite, com três.

— Rápi-pido T-toiug! — S-se vo-você sa-sab-be, re-respon-de logo! — Baruch apressa o seu amigo olhando por trás de seus ombros para ver se os guerreiros Ruffians estavam chegando.

Toiug se vira para o grupo e diz em voz alta: O Homem!

— Sim, o homem! — Teo responde. — Como assim o homem?

— Isso, Toiug, como assim, o homem? — Yãmin pergunta mais uma vez.

— Depois eu explico melhor. A única coisa que eu posso falar agora é que existe um lugar que o homem vive assim. Vamos considerar que a *manhã* da charada é o seu nascer, então o homem,

— Teo e os olhos de Leordo —

enquanto bebê ele engatinha, tornando-o com quatro pés para andar. À tarde, que representa sua *mocidade*, o homem anda com os dois pés. Enquanto à noite, que aqui quer dizer a *velhice*, a bengala representa sua terceira perna para poder andar.

Essa era a resposta à charada escrita pelo dramaturgo grego Sófocles. Um claro indício da influência de pessoas de fora do mundo Nin àquela missão.

– Por Únitri! Isso mesmo! – Gideão fica admirado com a linha de pensamento de Toiug. – Para nós é o oposto!

– Hã? Eu não *tô* entendendo mais é nada! – Teo coça a cabeça como sinal de completa confusão.

– Não percamos mais tempo. Vamos! – Toiug pega Teo pela mão e fica em frente à imensa porta de madeira.

– Castelo, abra a sua porta. Pois aqui vai a resposta para a tão enigmática questão: o homem é a resposta. O homem!

De repente, um rangir se ouve e aquela imensa porta começa a se mover lentamente, abrindo suas duas faces para dentro do castelo.

O cenário que se revela é maravilhoso. Visto de fora, o castelo de Leordo possui vários andares e janelas altas, que dá ideia de muitos pavimentos, porém, ao abrir a porta, eles percebem que se trata de um único ambiente, uma imensa sala, nem tanto na largura e profundidade, mas sim em sua altura, que é exatamente correspondente à altura que se via de fora.

As paredes laterais são simétricas. Possui seis janelas em cada lado, todas com as bordas feitas de madeira *Ash*.

Em cada intervalo de janelas há uma luminária com sete pedaços da mesma madeira. De onde eles estavam até o teto daquela construção, as janelas vão diminuindo de quantidade, de seis até cinco, quatro, até uma janela no topo. Dá para ver as imensas rochas em ambos os lados, pelas janelas, no lado de fora.

O piso é todo de mármore branco, com peças em formato de hexágonos perfeitamente colocados.

Na face que os heróis passaram há apenas a porta de entrada, enquanto à sua frente há uma parede sem qualquer tipo de decoração ou janelas e portas, pelo menos até onde se podia enxergar, pois a escuridão era bastante ali dentro. As luminárias de *Ash* penduradas na parede não iluminavam o bastante aquele ambiente.

— Está escuro aqui.

— Calma Teo — tranquiliza Toiug. — Vamos ver o que se pode fazer para vermos melhor.

— Ali — Ed aponta para cima, de onde despenca um gigantesco lustre espiralado, composto por centenas de pequenas velas. Essas velas eram amarradas por arames prateados e correntes brilhantes, além de um pavio unindo cada ponta superior de cada vela, fazendo que, se acendesse uma, acenderiam todas as outras.

— Como vamos acender aquelas velas naquela altura?

— Não sei, Yãmin — responde Gideão. — Se usarmos uma libélula não adiantaria, porque o vento das asas acabaria apagando as velas.

— Eu tenho uma ideia.

— Como assim, Mãrãh?

— Gideão, você tem dois pedaços de *Ash* para me emprestar?

— S-sim. — Gideão abre sua mochila e pega dois galhos da valiosa madeira.

Mãrãh se agacha no chão e esfrega um pedaço no outro, procurando acendê-las com o atrito.

— Ouçam!

— S-são os Ru-ruf-fians! E-eles est-tão cheg-gand-do!

— Precisamos fechar a porta!

— Como, senhor? Havia uma charada para abrir, para fechar não existe nada!

— Rápido, Mãrãh.

— Calma, Yãmin.

Mãrãh sopra nas madeiras que começam a esfumaçar com o veloz esfregar.

O som da marcha Ruffian aumenta.

— Venha comigo. — Gideão pede ajuda a Yãmin para que ambos empurrem as faces da porta de entrada.

— Ela é muito pesada, Gideão! Não conseguiremos!

Os dois correm para o mesmo lado para que juntos, desta vez, pudessem empurrar uma das faces da pesada porta de madeira. Mas o esforço é em vão e voltam para o grupo.

— Pronto! Consegui!

Mãrãh empunha o seu estilingue de prata e coloca na base do elástico um pedaço de madeira que incendiava na ponta. Ela aponta para o lustre, fecha um de seus olhos e mira.

— Que é isso, minha filha? *Cê* é doida!

— Silêncio Toiug, assim você me atrapalha.

— Sshhiii! — Ed *cutuca* Toiug.

— Vamos lá, vamos lá... Só mais um pouco e...

Mãrãh lança aquela madeira em chamas em direção ao lustre e o melhor acontece. Na primeira tentativa, ela consegue tocar a primeira das velas que ficava sob as demais, sendo a primeira a pegar fogo e acender o pavio que une todas as outras.

Como peças de dominó que caem uma após a outra, as velas são acesas e o gigantesco lustre ilumina toda a *nave* do castelo de Leordo, deixando à mostra o gigante adormecido.

— Meu pai! O que é aquilo?

— É a estátua de Leordo, meu senhor — responde Toiug.

— P-por Ún-nitri, é e-enor-mme.

Jazia à frente dos jovens heróis uma estátua de metal, deitada como se adormecesse.

— Gideão, ouça!

— Sim, Yãmin, estou ouvindo.

Somado ao som dos largos passos dos guerreiros Ruffians que se aproximavam, estava o agitado bater das asas das libélulas gigantes. As libélulas sentiam a presença dos inimigos e começavam a ficar incomodadas. O resultado dessa agitação foi a favor dos Nins, pois a nuvem de poeira descia pelo caminho indo em direção aos Ruffians atrasando-os um pouco.

— O que é isso, agora?

— São as malditas libélulas, major Devile! Elas estão batendo as asas e jogando a poeira em nós como um enorme ventilador.

— Ponham seus óculos, soldados! E cuidado com a *ribanceira*. Sigam com pequenos passos e não saiam do caminho! Isso só vai durar um minuto. Vamos!

Os soldados Ruffians não se dão por vencidos e continuam seguindo, mais lentos, porém determinados.

— Ed, você trancou o portão?

— Não, Yãmin. Até mesmo porque não há como trancar de forma segura. Há somente um trinco!

— Então vamos até a estátua. As libélulas precisam segurar os Ruffians por mais tempo.

— Irmãos e amados heróis — Gideão lidera. — Somos ferramentas para a sagrada engrenagem de Únitri. Fomos separados para fazer a diferença e sermos vitoriosos. Nesta peleja nós não teremos de pelejar e sim Únitri a nosso favor. Mesmo que alguns de nós não creem completamente na profecia, ou no livro sagrado, precisamos estar unidos e perseverar na fé. Contaremos o que vai acontecer hoje para os nossos filhos e netos, e onde pisarmos seremos honrados por todo o povo Nin. Mas saibamos que nada somos sem o poder, graça e amor de Únitri por nós, e a honra e a glória verdadeiras serão tributadas a Ele. – Gideão põe a mão no centro do círculo. – Força e Paz, heróis!

Mãrãh põe sua mão sobre a de Gideão, depois Yãmin e, consecutivamente, todos os demais, colocam mão sobre mão.

– Força e Paz! – Todos gritam sorridentes!

– Mãrãh, Yãmin e eu voltaremos até a porta e receberemos os Ruffians com nossas armas – organiza o oficial. – O enviado, Ed, Toiug e Baruch vão até Leordo e cumpram com a profecia e acordem a estátua de metal. Vamos!

Os militares com Mãrãh empunhando seus estilingues de prata e ela com uma funda partem para a porta de entrada do castelo para retardar a investida dos inimigos, enquanto os demais se aproximam da estátua do adormecido Leordo.

A estátua de Leordo mede uns doze metros de altura e deitado não parece tão ameaçador assim.

– Ué. Não é um garoto!

– Como assim Teo? – pergunta Toiug.

– Repare bem. A estátua é de um pequeno homem. Olhe bem nas feições do rosto e formato. É um pequeno homem e não um jovem como me disseram.

– Teo, sinto muito, mas isso agora não faz a menor diferença.

– Para mim sim, Ed. Isso é *maneiro*! Um homem pequeno e frágil é o herói de toda a história Nin. Isso significa muito pra mim.

– Ok, t-tudo-do b-bem, p-pes-soal. Ma-mas t-tem co-como a gent-te and-dar mais rá-rápid-do?

– Vamos. Precisamos subir na estátua e impormos as mãos sobre os olhos. O que mais diz a profecia?

– Nada mais, senhor. Não existe manual de como fazer isso por aqui! A única coisa que sabemos é que vocês terão de *pôr* as mãos sobre os olhos da estátua e dizer um nome.

— Mas Ed, que nome é esse?

— Senhor, suponho que seja "Leordo" ou " Únitri", sei lá!

— Vamos Toiug, vamos subir.

Toiug e Teo sobem na estátua, um em cada braço, enquanto Ed olha para a porta e Baruch encosta na parede à frente da estátua.

— A poeira já se dissipou, guerreiros. Vamos! Rápido!

Após a última curva do pedregoso caminho, os Ruffians deparam com o portão de entrada ao pátio de entrada ao castelo.

— Vamos, guerreiros! Derrubem isso! — Devile ordena que seu exército arruíne o portão.

Os fortes guerreiros nem sequer se preocuparam em abrir o trinco do portão de ferro. Na verdade, centenas deles se penduraram na grade do portão, fazendo que a pesada estrutura caísse frágil como se fosse construída de palha. Todo o exército atravessa pisoteando o distorcido metal.

As libélulas logo à frente ficam enlouquecidas e todas elas levantam voo.

Protegidos pelas faces da porta do castelo, Gideão, Mãrãh e Yãmin lançam suas pedras e flechas aos mais próximos Ruffians.

— Cuidado! — Um guerreiro adverte sem sucesso um colega ao lado, que acabara de ser devorado por uma libélula gigante.

— Desgraçadas! — Devile não contém sua ira. — Elas são carnívoras e predadoras! Vamos mais rápido. Até a porta!

Uma libélula, a de Teo para ser mais preciso, vem em direção a Devile com o intuito de atacá-lo. E o frio major empurra um de seus soldados em direção à libélula para se proteger, e ela então devora o infeliz Ruffian.

Outras delas voam rasantes e abatem dezenas de Ruffians ao mesmo tempo, com fortes pancadas de suas asas. Mas mesmo assim as libélulas estão em desvantagem. Os guerreiros Ruffians estão determinados a atravessar o pátio e chegam próximo à porta onde estão os três primeiros Nins.

— Toiug, você é parte fundamental no cumprimento desta profecia. Você também tem a marca em sua mão. Muito obrigado por carregar este fardo comigo.

— Eu é que agradeço, meu... quer dizer, senhor. Vamos lá, vamos acabar com isso! — Toiug se emociona e acarinha o rosto de Teo olhando profundamente em seus olhos. — Os Ruffians estão próximos e nossos soldados precisam de ajuda.

Teo e Toiug colocam suas mãos marcadas sobre os olhos fechados da estátua de Leordo.

— Únitri!

Os segundos passam e nada acontece.

— Bem, vamos tentar Leordo.

— Tudo bem — Teo concorda.

— Leordo!

Mais uma vez nada acontece e Ed, mais embaixo, se desespera.

— Mais uma vez. Mais uma vez!

— Únitri! Únitri!

Os dois se entreolham com olhos arregalados e começam a mostrar de fato preocupação.

— Leordo. Leordo... Leordo!

— Ah! Que droga! — Teo limpa a mão como se fosse o motivo da total inércia.

— Não há mais o que fazer!— Mãrãh se desespera.

— Gideão, vamos entrar!

Os três Nins correm até o meio da nave do castelo enquanto os Ruffians chegam à entrada e empurram as faces da porta para abrir na totalidade no intuito do exército passar em maior número e em menor tempo.

— Alexandre Monsores —

— Então aqui é o seu esconderijo, dorminhoco de lata!

As libélulas entram pelo vão da gigantesca porta que se abria e prosseguem no ataque aéreo.

Os Ruffians empunham suas bestas, adagas e clavas, e atacam as libélulas, mas as carapaças naturais daqueles gigantescos insetos conseguiam ser impenetráveis para as flechas lançadas pelos Ruffians e suas poderosas patas mal sentiam o bater de suas clavas.

Mais uma vez algumas libélulas espancavam dezenas de inimigos com as asas enquanto outras mergulhavam como gaivotas em alto-mar, levantando pelas cabeças, ombros ou braços as suas vítimas.

— O q-que esta-tá ac-conte-tecend-do?

— Não sei, Baruch! — Grita Toiug. — Nada está acontecendo! Isso sim!

Baruch, desesperado pela cena da invasão dos Ruffians, se aperta na parede em que está encostado e seu cotovelo bate num tijolo um pouco mais sobressaltado.

— Ai! D-deu um cho-choq-que!

De repente, a parede que ele mesmo se apertava gira por um eixo e Baruch cai sentado no chão.

Abre-se atrás dele uma passagem secreta dando acesso a uma pequena sala.

— Ca-caramb-ba! Ai m-meu bum...bum...bum... M-mas o q-que é iss-so?

Baruch olha ao seu redor o apertado cômodo.

— Ed, To-toiug, Teo! Co-cor-rem aq-qui!

Os dois que estavam sobre o peito metálico de Leordo e Ed olham simultaneamente para a porta secreta e correm para dentro dela.

O cômodo não era iluminado, era totalmente escuro, pois não havia uma janela sequer.

— Que lugar é esse?

— Sei, lá! Não tô vendo nada!

— Espere um momento – Teo se recorda que está com sua bolsa e munido de sua máquina fotográfica – só um segundo.

O Enviado, tateando a máquina que conhecia muito bem, coloca-a na função "filmar" e deixa o *flash* ligado.

O que se revela diante deles é impressionante.

— Onde se meteram aqueles quatro?

— Não consigo vê-los, Gideão!

— Não aguentaremos mais, Yãmin. Estamos ficando cercados. – Mãrãh coloca a mão em sua bolsa – e minha munição está acabando.

— A minha também.

— Vamos até onde estão Teo e os outros. Talvez eles estejam se protegendo.

Gideão corre à frente de seus companheiros em direção à estátua de metal, onde possivelmente conseguiria uma proteção para o seu grupo.

O exército Ruffian silencia. Eles abaixam os braços e suas armas e cada soldado fica em seu lugar.

— O que houve com eles? – Yãmin pergunta intrigado em meio à correria.

— Sei lá. Mas deixa como está que tá bom assim – responde Mãrãh olhando por trás dos ombros.

Os guerreiros inimigos se dividem em dois grupos abrindo um corredor entre eles. Até mesmo as libélulas cessam seus ataques.

Quando os três soldados Nins chegam a Leordo, Yãmin repara na abertura na parede onde certamente teriam entrado Teo, Toiug, Ed e Baruch.

— Vamos!

Gideão segura Yãmin pelo braço – espere. Veja!

Na porta de entrada do castelo surge mais um guerreiro Ruffian. Não seria um soldado qualquer. Era Totum, o próprio comandante Ruffian.

Sua armadura reluzia como nova.

Aquele silêncio foi quebrado pela manifestação dos guerreiros. Um a um, eles batem com suas armas ou escudos em suas armaduras, comemorando a chegada de seu *líder-mor*, até que todos fazem o mesmo gesto, criando um barulho ensurdecedor.

As libélulas batem em retirada e saem do castelo por causa do incômodo som, voltando para os seus *poleiros* no pátio de entrada.

Totum levanta a sua mão esquerda, e num segundo a multidão Ruffian se cala.

– Quem é aquele? – Yãmin pergunta em voz baixa.

– Aquele é Totum, o comandante dos Ruffians. O líder dos nossos inimigos – Mãrãh responde – parece que veio conferir pessoalmente o trabalho de seus covardes guerreiros.

Devile se aproxima de Totum e presta sua continência.

– Senhor. É um prazer tê-lo conosco. Mesmo sabendo que não precisará levantar um dedo, mas sim, será apenas um agradável espectador.

– Você não precisa me bajular, Devile. Não tenho dúvida que vocês estão dominando tudo. E não que eu tenha *temor* a Únitri, mas não podemos dar chance para o azar.

– Já estão cercados, como pode ver. Afugentaram-se atrás da estátua de lata e não há saída para eles. Agora é uma questão de tempo.

– Muito bem. Façam o que é para ser feito. Mas eu também aguardo o cumprimento do acordo que fizemos com o nosso agente infiltrado, o traidor Nin.

— Sim, senhor. Compreendo. — Devile olha em direção à estátua — o que deseja fazer, senhor?

— Dê-me o prazer da ordem de ataque. Eu sempre quis dar o grito de guerra para esse momento.

— Como quiser, Comandante. — Devile se vira para o par de grupos de soldados e ordena. — Aguardem o comando de Totum, o nosso líder-mor. Fique à vontade, senhor.

Enquanto aquele grupamento de guerreiros Ruffians aguarda o comando de Totum para atacar a estátua de metal de Leordo, Devile toma a dianteira e anda vagarosamente em direção a ela.

— Olhem para isso! É uma prateleira.

— Tem algumas coisas em cima dela.

— O q-que é is-sso?

— Parece um brinquedo — responde Ed.

— O que vocês estão fazendo aí dentro? — Mãrãh entra informando a situação — estamos cercados e vocês aqui dentro se escondendo?

— Sim, Ed. — Toiug segura o brinquedo que encontraram. — Este brinquedo se chama *pião*. E vocês acabaram de encontrar o brinquedo perdido de Leordo!

—Que barato! — Teo comemora — mas o que eu faço com isso?

— Por enquanto nada! — Gideão segura Teo pelo braço e puxa para um lado. — O senhor tem de subir e falar o nome que a profecia diz...

— Gideão... Gideão! Já tentamos e não deu nada!

— Rápido antes que eles cheguem! — Yãmin à porta chama a atenção dos heróis.

— Dê-me isso, Teo. — Toiug pega o pião da mão de Teo e guarda em seu bolso. — Veja, sua máquina está piscando.

Teo olha para a sua câmara e o *display* informa que a bateria está acabando.

— Vejam! — Ed percebe algo mais sobre a prateleira. — Parece uma carteira, um documento, sei lá.

Toiug se aproxima da prateleira e pega, dobrado sobre ela, um *jaleco* com uma logomarca no bolso e dentro dele, uma carteirinha de identidade funcional, e nesse documento um nome escrito.

A foto já estava escurecida, mas dava para ver o semblante daquele homem. Os dizeres no documento estavam um pouco desbotados, mas deu para reconhecer de onde era aquilo.

— Centro de ciências e tecnologia UFQ.

— O q-que ma-mais te-tem aí, To-toiug?

— Funcionário, chefe de pesquisas em robótica, Leo... Leo... rdo... *peraí*!

— Que foi, *rapá*! — Teo se desespera. — O que houve aí?

— A folha está rasgada.

— Deixa eu lhe ajudar. — Teo aproxima a fraca luz de sua câmara digital. — Vê se dá agora.

— Melhorou. — Toiug pega cuidadosamente o pedaço que faltava, pendurado na borda da delicada página e põe sobre o nome do funcionário. Algo se revela diante dos seus olhos. — Leonardo Weiss.

— Por Únitri. — Ed coloca a mão na boca. — É o nome de Leordo!

As madeiras ash penduradas nas paredes, gastas com o tempo, de repente acendem como se acabassem de ser colhidas, e voltam a acender e iluminar o pequeno quarto secreto.

— Sim! É porque a página estava rasgada. — Gideão acrescenta. — Ninguém percebeu que estava errado.

— *Caraca de caranguejo cabeludo*!

— Ué, seu gago — Mãrãh censura Baruch — pra xingar você não gagueja, né?

Baruch dá de ombros.

— Teo. — Toiug se dirige a Teo com uma nova ordem. — O nome ao qual a Profecia nos orienta a falar é Leonardo, o verdadeiro nome de Leordo! — Toiug dá um *solavanco* em Teo e o tira dali. — Vamos subir. Não temos mais tempo!

— Nós vamos à frente pra dar cobertura. Yãmin, Mãrãh, vamos!

Os três responsáveis pela segurança de Teo e do *Segundo do Povo* se põem para fora daquele cubículo e apontam suas atiradeiras de prata e besta para Devile, que estava parado no centro da nave do castelo, e também para a multidão de guerreiros Ruffians.

Toiug e Teo estão ajoelhados no peito da estátua e se preparam para falar o profético nome.

Dois olhares se cruzam naquele momento.

Devile e Mãrãh se encaram profundamente. E num gesto sutil, Devile acena a cabeça e sorri com o canto da boca para a guerreira.

Mãrãh reconhece o comando, e se vira apontando sua besta armada para Teo.

— Mãrãh! É você? — Yãmin parece não acreditar.

— Perdoe-me, pessoal — Mãrãh dá alguns passos laterais e se afasta do grupo, indo em direção a Devile.

Todos param por um momento.

— Eu preciso sair deste lugar, deste mundo que me diz todo dia quando eu vou morrer. Cada dia que passa eu conto até a minha morte.

— Bem que a profecia estava correta! — Gideão abaixa o seu estilingue — por que, Mãrãh?

— Eu quero que isso tudo acabe. Eu vou pegar meu dinheiro e entrar por Dendron para sair deste lugar e construir outra vida em outro lugar. Eu estava lá ontem à tarde, quando vocês enviaram a borboleta dourada. Eu coloquei a bomba incendiária para destruir os mapas, mas vocês encontraram alguém para trazê-los.

A *inversidade* é algo que precisa terminar – Mãrãh abaixa a arma – você não reconhece que não há tristeza maior do que saber quanto tempo você vai durar?

– Prossiga, seu verme! – Devile esbraveja com Mãrãh.

– Acabou! – Ela novamente aponta sua arma para Teo. – Desce daí, seu moleque! Eu não quero atirar em você.

– Precisamos agir rápido e discretamente, senhor – Toiug sussurra para Teo.

Todos os outros Nins estão perplexos e sem ação diante de tão grande surpresa e mudança de planos.

– E-est-tamos cerca-cad-dos e n-não há ma-mais temp-po pra na-nad-da.

Ed fecha seus olhos e começa a rufar seu tambor.

Aquele som de tambor incomoda Mãrãh. Sua consciência pesa e abaixa a cabeça.

– Não posso... não posso!

Mãrãh, descontrolada, treme as mãos como se nunca tivesse segurado sua arma antes. Ela chora.

– Não posso! – De repente, Mãrãh se vira e aponta sua besta para Devile no mesmo momento em que ele saca a sua besta e a arma ligeiramente.

Totum se antecipa e apanha sua adaga e lança em direção à estátua de metal.

Numa fração de segundo, Mãrãh, sincronizada com Devile, atiram ao mesmo tempo.

A flecha a atinge em seu peito, fazendo que caísse no gélido chão de mármore branco.

A adaga de Totum atravessa o salão, passando por cima de todos ali.

Devile se desvia da seta de Mãrãh, que acaba atingindo um soldado Ruffian mais atrás.

– Cuidado! – Toiug empurra Teo para protegê-lo da mortal adaga lançada por Totum, e esta acaba acertando sua mão esquerda.

– Caramba, Toiug. Você se feriu!

– Fique tranquilo, Teo. A mão que preciso usar é a outra. Vamos logo com isso.

O sangue jorra pela mão de Toiug e escorre pelo peito da estátua.

– Um, dois, três e já!

– LEONARDO! – Tanto Teo como Toiug dão *coro* ao nome que deveriam dizer para levantar aquele *ser* metálico.

Gideão, Yãmin, Ed e Baruch correm de volta ao pequeno quarto.

Baruch bate no mesmo tijolo no qual havia acidentalmente encostado, fazendo que a porta de pedra lentamente voltasse à sua posição normal com a intenção de trancá-los seguramente no quarto.

– Entrem. Entrem! – Gideão atira suas poucas pedras em direção a Devile, sem sucesso, para dar cobertura em caso de ataque Ruffian e ganhar tempo para todos entrarem.

– Vamos, Gideão. Rápido! – Yãmin grita para o seu amigo.

Faltando poucos centímetros para o total fechamento da porta, Gideão entra em segurança no quarto.

– Vamos ver o que acontece.

Um som agudo se ouve, lentamente uma abertura no peito da máquina humana se revela. O tórax da estátua se abre por completo permitindo que caibam duas pessoas.

– Olhe. Vamos para dentro!

Toiug entra logo após Teo.

De onde estavam, Devile e Totum não podiam entender o que acontecia. Apenas que os dois desapareceram de cima do peito da gigante estátua.

— Alguma ordem, General?

Totum levanta sua mão esquerda.

— Guerreiros! Ao meu comando.

Ao descer o braço, os Ruffians deveriam atacar a estátua metálica com golpes de machados, flechas e clavas. Em princípio não fazia parte do plano matar os Nins. Todo o exército Ruffian destruiria Leordo e, no mais, eles levariam os pequenos heróis como prisioneiros. Mas os sombrios pensamentos de Devile eram, pessoalmente, bem diferentes.

— Agora!

Como animais em direção às suas presas, como abutres em direção à carniça, os Ruffians morbidamente entusiasmados, bem peculiar à raça, correm em direção à estátua para destruí-la.

Dentro da minúscula cabina há relógios, manches e V.U.s, alavancas e botões, toda aquela *parafernália* para controlar os movimentos da máquina Leordo.

— Ai, ai, ai. Como é que se levanta esse troço?

— Deve ser esse botão aqui, ué! — Teo aperta um botão branco com a inscrição *up* — Dã!

— Engraçadinho!

A cabina começa a sacudir e abre-se um para-brisa na frente deles.

— Veja, Toiug — alguns painéis acendem com algumas telas LCD com informações sobre o desempenho da máquina. E especialmente em uma dessas telas aparece um rosto.

— Sejam bem-vindos — uma voz robótica dá-lhes boas-vindas.

— Ouça! A máquina fala!

— *Eu sou Leonardo, projetista e engenheiro-chefe deste maravilhoso protótipo. Os Nins me ajudaram a construí-lo pensando justamente neste dia. Deve estar uma correria aí fora, não é?*

— Nem me diga! — Teo responde como se a máquina o pudesse ouvir.

— *Primeiro me perdoem pelas charadas, mas fazia parte do plano de Deus todo este sacrifício e provas. Não sou o único envolvido neste projeto, há outros, mas, pelo momento, não cabe aqui explicar mais nada. Só posso dizer que os testes até chegar a este ponto começaram com a armadura que eu usei na primeira batalha Nin.*

— Puxa! — Teo não aguenta mais informação nenhuma — Quanta coisa ainda vamos ter de saber?

— Calma, Teo. Tudo a seu tempo.

— *Esta máquina é praticamente autocontrolada.* — A voz mecanizada prossegue: — *Vocês dão os comandos iniciais, porém os movimentos complexos são dados intuitivamente. Com certeza os Nins fizeram incansáveis testes, mas tudo ocorrerá bem.*

— Que bom. — Toiug coça a cabeça e rasga a manga de sua blusa na intenção de tentar estancar o sangue de sua mão ferida. — Não estou com idade para aprender nada sobre novas tecnologias. Além do mais, a minha mão dói muito.

— *A tela da direita mostra o menu iniciar com todos os comandos e conteúdos necessários. Agora, conforme ordenado, vamos levantar!*

Os Ruffians param a alguns metros de Leordo. Eles parecem não acreditar naquele movimento.

O tronco do robô ergue-se e ele senta. Põe as mãos no chão e levanta, ficando perfeitamente sobre seus dois pés.

A correria agora é inversa. Os inimigos Ruffians fogem desesperadamente em direção contrária à de Leordo. Alguns escorregam no piso e caem apavorados, sendo atropelados pelos próprios guerreiros.

— Voltem, seus covardes! — Devile grita em vão. — Ataquem. Ataquem!

O major arma sua besta e lança em vão suas flechas na máquina. Sua carapaça metálica é forte o bastante para aguentar o ataque.

— Não posso ficar aqui dentro sem saber o que acontece lá fora. Nosso dever é protegê-lo.

— Certo, Gideão. — Yãmin bate no tijolo e abre a pesada porta para saírem do cômodo em que se escondiam.

— M-mas é q-ue que...

— É mesmo, seu co-co-covarde! — Ed zomba de Baruch.

— Vamos! — Gideão ordena. — Todos fiquem juntos!

Os soldados Nins saem do quarto e olham à frente o gigante Leordo em pé.

— Por Únitri. Que maravilha! — Gideão contempla a cena.

Yãmin olha mais adiante e vê Mãrãh deitada no chão sobre uma pequena poça de sangue e corre em sua direção.

— Yãmin, não! — Gideão grita. — Eu disse para ficarmos juntos!

Yãmin chega até Mãrãh e percebe que ainda respira.

— Calma, menina, você vai ficar bem.

A guerreira abre seus olhos e sussurra poucas palavras.

— Nada disso, soldado. Deixe-me aqui. Não mereço dar mais nenhum passo. — A dor parece intensa e Mãrãh segura a flecha ainda cravada em seu peito. Não sou digna de merecer misericórdia ou perdão algum.

— Pare com isso, nobre guerreira. Era pra você estar aqui conosco. — Yãmin levanta Mãrãh e a põe sobre os seus joelhos dobrados. — A borboleta pousou em você, se lembra? Então! Você também foi escolhida por Únitri para cumprir a profecia. Se você não sabe, você faz parte deste maravilhoso plano.

Ela esboça um leve sorriso.

— Você tá falando sério?

— Claro! E tem mais, você não atirou em Teo. Na última hora, você desistiu de cumprir seu acordo com os Ruffians.

— Que bom, Yãmin. Isso me deixa mais tranquila. — Mãrãh respira fundo. — Você acha que eu vou pro Lar de Únitri.

Imediatamente Yãmin põe sua mão sobre a boca de sua amiga.

— Shiii. Não fala mais nada. Sim, aposto que um dia sim, mas não hoje. Agora descansa.

Mãrãh fecha os olhos vagarosamente.

— Ei. Guerreira.

Ela continua sem abrir os olhos e completamente sem movimento.

— Mãrãh. Mãrãh!

O nobre soldado balança seus ombros tentando reanimá-la em vão.

— Não, nobre guerreira!

Yãmim num eterno segundo esconde seu rosto no peito daquele corpo.

— Yã. Olhe! — Chamando-o pelo seu apelido, Gideão adverte Yãmin sobre um ataque inesperado.

Totum lança uma flecha na direção de seu amigo.

Yãmim repousa levemente sua amiga ao chão e apanha as armas de Mãrãh, e com um único gesto, o soldado levanta e anda velozmente em direção à flecha que vinha ao seu encontro.

— Gideão, ele é louco?

— Não Ed. É o meu melhor soldado.

Yãmin pega a flecha em pleno voo. Arma na besta de Mãrãh e a lança de volta a Totum. Sua agilidade e segurança são tão surpreendentes quanto assustadoras.

— Alexandre Monsores —

Totum parece não acreditar no que sente. A sua própria arma penetrando em seu ombro esquerdo.

– Nin miserável!

Os Ruffians permanecem imóveis àquilo tudo.

As libélulas entram novamente no castelo e retomam o ataque aos soldados inimigos.

Teo e Toiug avistam Devile abaixo deles e se preparam para um chute.

– Pode vir, seu boneco de lata. – O feroz major apanha sua clava e corre até um dos pés de Leordo.

– Ué. Cadê aquele desgraçado?

– Saiu de nossa vista, Toiug.

O estrondo daquela pancada deu pra ser ouvido da cabina.

– Pronto. Isso responde à sua pergunta?

O comando que foi dado anteriormente funciona e lança o major Ruffian a uma longa distância, retardando um pouco mais seus ataques.

– *Impacto. Impacto na base.*

A voz mecanizada informa.

– Deu para sentir. – Teo puxa o manche responsável pelo movimento das pernas e percebe que algo está errado. – O que está acontecendo?

– Como assim?

– Leordo está sentando novamente.

Os dois apertam todos os botões e puxam as alavancas, mas o movimento do gigante continua independente de seus comandos.

– *Sem força. Sem força.*

A voz de Leonardo volta para dar a pior notícia que poderiam ter naquele momento.

Na tela digital a informação que eles não queriam saber estava piscando escrita em caixa alta e em vermelho: *Bateria descarregada*.

— Ai, ai. !

— É verdade, Teo. Todo esse tempo aqui escondido, você não acha que a bateria não iria descarregar?

Leordo continua seus últimos movimentos até finalmente deitar-se no chão com a reserva da carga de suas baterias.

— O que faremos agora?

— Primeiro temos de ter calma e confiar na Profecia.

— Pra você tudo parece fácil, Toiug.

— Mais ou menos, Teo. Além do mais, sempre falamos que nada, nem ninguém pode dar créditos e esperanças a estátua alguma, seja de pedra, madeira ou aço. Elas nada podem fazer. O que houve aqui é prova disso. Os Nins estavam criando muita expectativa em Leordo, e isso poderia ser muito ruim no futuro. Afinal, acabariam atribuindo ao robô a vitória sobre os Ruffians, e não a Únitri.

Devile se levanta ainda atordoado com o chute que levara de Leordo.

— O que foi, boneco de lata? Ficou fraco de repente?

Totum arranca a flecha presa em seu ombro com a mão e se escora em uma das faces da porta de entrada do castelo, se protegendo do ataque das libélulas.

A portinhola se abre e Teo e Toiug pulam para fora da inerte máquina.

— Vamos. – Gideão toma mais uma vez a iniciativa. – Precisamos defendê-los. Nem que gastemos toda a nossa munição.

Yãmin se junta a eles e recomeçam o ataque.

Ed volta a rufar seu tambor.

— Vamos, heróis. Por Únitri!

— Tome isso. — Toiug retira de dentro da sua bolsa o pião que havia guardado.

— O brinquedo perdido! O que vou fazer com isso, Toiug? Eu acho que agora não é hora para brincadeiras!

— Primeiro vou lhe dizer uma coisa, pião não é brincadeira. É um esporte!

Teo olha desconfiado para Toiug.

— Meu avô diz a mesma coisa!

— Tá bom. — Toiug disfarça e coça a garganta. — E foi exatamente com esse *brinquedo* que Leonardo venceu a primeira grande batalha, lançando-o contra o guerreiro Ruffian.

— E você acha que eu vou conseguir fazer a mesma coisa? Você deve estar louco, Toiug.

— Não custa nada tentar, Teo. Nós não temos armas, somente isso. Em breve a munição de nossos amigos irá acabar e nada mais poderemos fazer. Vamos lá. Tome!

Teo ajeita os óculos com o dedo e pega o pião que Toiug guardava para aquele momento. Toiug conhecia de *cor* a Profecia, e ela mencionava o uso do brinquedo de Leordo.

Teo olha para Devile vindo em sua direção munido de sua clava, e apressado, enrola o cordão em seu pião.

— Ai, ai, ai. Espero que dê certo, Toiug. Só você mesmo!

— Vai dar, Teo. Vai dar tudo certo.

Devile se agiganta diante do pequeno Teo e ergue sua clava num ímpeto de ataque.

— Sou eu algum cão, para você vir a mim com um brinquedo? — Devile zomba do pequeno Teo a sua frente. — Vem a mim, e eu darei a sua carne às feras e aos tríclopes selvagens do campo de Nihil.

Teo fecha um de seus olhos e mira em seu alvo. Não há tempo para mais nada.

Teo e os olhos de Leordo

Teo lança o pião de madeira ao ar.

Gideão e seus amigos apenas vislumbram a cena.

O pião gira aceleradamente e faz uma curva com efeito. Sua ponta de prego se vira para Devile em direção à sua testa.

Teo fecha os olhos e encolhe os ombros sem querer saber do que viria a acontecer depois.

As libélulas por um momento interrompem o ataque.

O silêncio daquele lugar é *quebrado* pelo barulho de um pesado corpo de quase três metros de altura caindo ao chão.

Devile é abatido.

Totum parece não acreditar no que vê.

A ponta do pião lançado por Teo está cravada no meio da testa do gigante major Ruffian.

— Teo conseguiu! — Gideão grita comemorando.

O Enviado permanece com os olhos fechados e ombros encolhidos aguardando algum resultado.

Toiug o abraça e dá pulos de alegria.

— O que aconteceu? O que aconteceu?

— Você conseguiu, Teo. Você conseguiu!

Somente aí é que Teo abre os olhos e percebe que Devile jazia no chão de mármore.

Todos os seus companheiros de aventura correm até ele e o abraçam, assoviam e pulam de alegria.

Os guerreiros Ruffians estão perplexos. E um a um, vagarosamente, ajoelham-se como sinal de condolências ao líder morto.

Totum olha para os seus subalternos e ordena mais um ataque.

— Seus imbecis. Ainda não acabou! Agora não há mais nada a fazer a não ser atacar esses pequenos vermes e fulminá-los.

O comandante Ruffian levanta seu braço preparando para a ordem de ataque.

Alexandre Monsores

— Vão e acabem com eles!

Em pouco tempo, os pequenos guerreiros estavam cercados pelos guerreiros Ruffians. No centro da nave do castelo de Leordo, o grupo de heróis, de costas um para o outro, olha ao redor os implacáveis Ruffians em posição de ataque.

— G-gent-te, Fo-foi um pr-prazer co-conhece-cê-los.

— Para de palhaçada, Baruch! Ainda há saída.

— Ah, tá-tá, Yãmi-min. Ssó se fo-for p-por cima-ma. — O frágil escriba olha para o alto e aprecia o lustre suspenso a dezenas de metros de suas cabeças.

— Concordo com você, Yãmin.— Gideão olha também para o que há acima deles.— O nosso socorro vem do alto. Rápido. Deem as mãos.

O pequeno grupo dá as mãos e Gideão diz:

— Ó Senhor Únitri, Deus de nossos pais, não és tu Deus no céu? E não és tu que governas sobre todos os reinos das nações? Sabemos que na Tua mão há poder e força, de modo que não há quem Te possa resistir. — Uma lágrima cai dos olhos daquele valente soldado Nin. — Nós sempre dizemos que se algum mal nos sobrevier, espada, juízo, peste, ou fome, nós nos apresentaremos diante de Ti, em qualquer lugar e clamaremos a Ti em nossa aflição, e Tu nos ouvirás e livrarás.

As mãos de todos ali começam a suar. As libélulas planam paradas no ar enquanto passo a passo os inimigos avançam.

— Agora, pois – prossegue Gideão. — Eis que os Ruffians inimigos nos cercam para um *fim* que não é o Teu fim para nós. E disso eu tenho certeza. Ó nosso deus Únitri, o Senhor não os julgarás?

Um vento tempestuoso começa a circular pelo ambiente.

— Porque nós não temos força para resistir a este grande contingente que vem contra nós, nem sabemos o que havemos de fazer; porém os nossos olhos estão postos em ti, ó Únitri!

O lustre central se apaga com a forte ventania. As janelas batem criando um estrondo e as libélulas saem novamente do castelo. Com exceção de Teo, o grupo Nin começa a cantar no mesmo idioma que Toiug falara durante a escolha dos voluntários; um idioma primitivo Nin.

O Castelo de Leordo é cercado por uma forte luz que vinha do alto das nuvens, tornando a total escuridão em dia. A luz entra pelas janelas e porta de entrada tornando o castelo bem mais iluminado do que antes.

— Ai meus olhos!

Teo se encoraja a olhar para a luz, mas seus olhos são forçados a fechar.

— Sinto-me como se estivesse dentro da Floresta Iluminada!

— O que você disse, Baruch? — Yãmin indaga seu companheiro ao qual dava as mãos.

— Está tudo claro! Não consigo enxergar nada!

— Você está curado, Baruch! Você está curado da gagueira! — Gideão grita para Baruch.

— O quê? Sim. É verdade! É verdade! — Baruch parece não acreditar que estava *sarado* daquele mal que tinha havia mais de vinte anos. — Paralelepípedo! Isopto cetapred! Esternocleidomastoideo! *Urruuuu*!!!

Os guerreiros Ruffians cobrem os olhos com os braços e escudos para se proteger da poderosa e sobrenatural Luz.

Nesse momento, algo mais surpreendente acontece ali. Uma voz serena e ao mesmo tempo alta e clara, acompanhada por uma frequência *subgrave* é ouvida pelos Nins. Algo que somente eles poderiam ouvir:

— *Dai ouvidos toda criatura Nin e vós, moradores da terra Além Árvore, e tu, ó bravo Gideão. Assim vos diz o Senhor: Não temais, nem vos assusteis por causa desta grande multidão que vos cerca, porque a peleja não é vossa, mas de Únitri.*

Os seis jovens heróis caem com o rosto em solo.

— *Não crieis expectativas em Leordo, a sua missão era trazer-vos até aqui.*

— Por Únitri. É o próprio Únitri! — Ed se embaraça pela redundância.

— *De fato, a máquina nada poderia fazer. Por maior, mais forte e poderoso que fosse o gigante, a batalha não era contra carne ou sangue, mas espiritual. Eu trouxe a máquina por intermédio de Leonardo, e agora eu trago Theodoro por meio da máquina, e eu trarei outros por intermédio de Theodoro. Tudo ao seu tempo. Nesta batalha não tereis de pelejar; postai-vos, ficai parados e vede o livramento que Eu vos concederei, ó Nin e Além Árvore. Não temais, nem vos assusteis porque o Senhor está convosco.*

Um som de gaitas de fole se ouve em meio àquela suave e poderosa voz, e com elas, tambores rufando e alaúdes harmonizando uma linda música.

Um pequeno exército de *Hillawehs* passa pela porta do castelo e entra na nave quase totalmente ocupada pelos guerreiros Ruffians. Eles marcham felizes e tocando seus instrumentos numa total segurança, e pareciam realmente não temer o enorme número de soldados inimigos, que por sinal, abrem caminho para que pudessem passar.

— Ufa! — Ed sussurra aliviado. — Pensei que vocês não viessem.

A voz do alto novamente toma conta dos ouvidos dos pequenos heróis.

— *Dai graças ao Senhor, porque a minha benignidade dura para sempre.*

Os Hillawehs param à frente do grupo e aumentam a dinâmica da música. As gaitas improvisavam enquanto as bases rítmicas e harmônicas seguravam o andamento.

Os Ruffians enlouquecem.

Sob o efeito da música Nin, eles atacam a si mesmos, enfiando adagas, lançando flechas e clavas sem o menor movimento de defesa.

Alguns gritam, largando suas armas e tentando cobrir os ouvidos.

– Que feitiçaria é essa? – Totum não sabe o que está acontecendo.

Novamente o comandante Ruffian recua e se aperta na parede do castelo tentando se esconder tanto da poderosa luz que vinha do alto quanto do som que enlouquecia seus guerreiros.

– Olhem para aquilo. – Baruch adverte seus amigos para o que acontecia com o corpo desfalecido de Mãrãh.

A guerreira Nin é posta levitando a um metro do chão. Seu sangue não escorria mais e sua roupa balançava com o seu cabelo baixo pelo forte vento que circulava no ambiente.

Seu corpo gira suave no ar.

– O que está acontecendo?

– Não pergunte, Teo. – Toiug sabe que não há respostas. – Apenas creia no que você está vendo. Haverá um tempo em que não veremos mais sinais como esses da poderosa manifestação de Únitri, e mesmo assim teremos de crer no Seu poder. A isso chamamos Fé!

Mãrãh ainda paira no ar, mas está com os pés quase colocados no chão. Aquela força invisível a deixa em pé novamente e então ela abre os olhos ilesa, sem feridas. Com vida novamente.

– *Eis que Eu te falo, mulher.*

A sublime voz vinha novamente dos céus, desta vez mais forte.

– *Cabe somente a mim cobrar-te fidelidade. Cabe somente a mim cobrar-te pureza no coração. E cabe somente a mim saber de seus dias futuros.*

Mãrãh chora copiosamente.

Naquele momento, o grupo de heróis não ouve um som sequer, como se estivessem surdos, ouviam apenas as suas respirações, como quando a *gente* boia na água. Mas nada do que acontecia ouviam, nem a voz que vinha do alto nem os gritos dos Ruffians agonizando, sendo mortos pelas próprias armas.

Únitri teria, com certeza, uma conversa particular com Mãrãh.

— *Pecastes contra mim e contra o meu povo. Fostes traidora e usada pelo inimigo pelo simples fato de não se contentar com os Meus planos para contigo. Mas, ó mulher! Eu te amo, nobre guerreira.*

Totum é dominado por um impulso e pega uma das próprias flechas.

—O que é isso? — Suas mãos tremem. — Não posso. Não posso!

Com um movimento involuntário, ele leva a flecha até seu próprio rosto. A luta com ele mesmo é grande.

— Ah!

De repente, Totum joga a arma ao chão e corre ferido para fora do castelo em direção ao esconderijo de sua máquina voadora.

Após atravessar o pátio de entrada, Totum é seguido por uma libélula gigante e o comandante Ruffian sai em disparada.

— *Eu sou Deus de misericórdia, Eu sou a misericórdia. Eu sou o amor. Eu sou o perdão e a justiça. Justiça que não é dos homens. Não é dos Nins nem do povo Além Árvore. Eu sou o mais incompreendido e o mais aceito. Quem me ama não me questiona, mas quem me questiona, eu respondo. Algumas vezes, eu respondo falando, e outras eu respondo agindo. Eu dou a prova e depois ensino, diferente das escolas dos homens. E eu te digo, mulher: O inimigo não brinca de ser inimigo. Mas Eu também não brinco de ser Deus!*

Mãrãh é revestida por uma luz branca enquanto Únitri prossegue.

— *Serás nova criatura a partir de hoje. Eu retiro de ti o fardo da culpa. Você será povo Além Árvore e te darei sustento longe de tua parentela.*

A nobre guerreira irradia mais e mais.

— *Agora vá! E não peques mais!*

A luz sobre Mãrãh se apaga e os seus companheiros voltam a ouvir os sons externos.

— *A vós, meus filhos, segui com vossas vidas. A primeira profecia está cumprida, meu primeiro plano é chegado ao fim, mas eu hei de prosseguir com a boa obra. Haverá um dia, e no tempo certo, em que darei outra ordem a se cumprir, e vós sabereis que sou eu, Únitri, que vos falará. O povo Além Árvore está ciente de tal Palavra e da voz que ecoa em desertos e edifícios, nas planícies e florestas, nos mares e nos vales, e com isso estão bem mais adiantados que vós neste meu plano que muito em breve há de se cumprir. Em Além Árvore muitos negam e não creem nesta palavra que vós ireis ouvir em breve, mas bem eu sei que vós não me negareis, e ireis crer na Profecia futura que há de ser dita para vós. Aguardai. Descansai em mim. O Sepher-Qãdõsh será completo e atualizado, a segunda parte eu a enviarei a vós para que ainda nesta geração tenhais noção do que há de vir sobre a Terra e todos os povos, tantos os Nins como os Além Árvore. Ide e não vos esqueçais deste dia. Dia em que o povo que teme e é fiel a Únitri foi vencedor. Eu sou luz sobre vós, poder e honra. Ide na minha segurança. Ide!*

Em milésimos de segundo, a luz se esvai e tudo fica momentaneamente escuro. O vento para e o silêncio ocupa *seu* espaço.

O gigantesco lustre do castelo acende novamente uma a uma suas velas.

Quando a vista de todos se adapta à luminosidade, o cenário aparece terrível. O exército Ruffian fora totalmente extirpado por si mesmo, devido ao som dos instrumentos do grupo de Hillawehs; *O Som de Únitri*.

A música cessa.

Ed se dirige ao grupo de músicos e diz algumas palavras.

— Vocês chegaram bem na hora, hein!

— Ué. – Gideão pergunta intrigado. – Você sabia que eles viriam?

— Sim, caro amigo. Foi uma ordem de Akribes. Mas alguns ficaram na cidade.

— Olha só... – Gideão reage. – Aquele velho baixinho... Só mesmo sendo o sacerdote ele saberia de tantas coisas.

— Mãrãh. — Yãmin corre para a sua amiga. — Você está...

— Sim, soldado. Bem que você disse. Não foi hoje. — A nobre guerreira se aproxima dos demais. — Eu devo desculpas a vocês.

Baruch é o primeiro a dizer-lhe:

— O que eu achava de você, passei a achar outra coisa, e agora acho outra coisa ainda...

Mãrãh sorri.

— Deixa de *palhaçada*, Baruch.

— Não há nada pra dizer, guerreira. — Teo bate em seu ombro. — E ainda mais, parece que Únitri teve um *particular* com você, hein!

— Sem dúvida, Enviado.

Gideão se antecipa.

— Devemos todos imitar Únitri. Devemos perdoar a todos os que *vacilam* contra nós, principalmente aqueles que de fato se arrependem. — O corajoso oficial guarda seu estilingue de prata e se vira para os demais. — Devemos ir. A nossa missão acabou. O grupo retorna inteiro e isso para mim é um alívio.

— Gideão? Preciso me antecipar. — Ed guarda as baquetas em seu bolso de trás. — Os Hillawehs irão marchando e eu irei com eles. A viagem é longa e seria de bom grado, já que sou o líder, acompanhá-los.

— Que assim seja, caro músico. Força e Paz!

Ed toma a frente do grupo de levitas e empunha suas baquetas novamente. A marcha retoma ao som de belas canções até descerem a estrada de pedra e o grupo de heróis não poder ouvir mais.

Os Hillawehs retornam pelo caminho que fizeram, passando pelo desfiladeiro, tendo uma vista privilegiada da Terra do Contra.

Logo adiante, jazia sobre uma pedra um infeliz Ruffian, o primeiro a cometer suicídio. Era o *sentinela* que ficara sob ordem de Devile, e com o efeito do Som de Únitri quando o grupo de músicos ainda chegava ao castelo de Leordo, sacou sua adaga e a cravou no próprio peito.

À porta de entrada, os heróis olham sobre seus ombros para uma última vista do castelo de Leordo, o cenário da última batalha. Aquele dia nunca mais sairia de suas memórias.

Cumpriu-se a Profecia.

— O que está acontecendo? — Baruch pergunta intrigado. — Vocês sentiram isso?

— Eu senti! — responde Ed.

— O chão tremeu ou foi impressão minha? — pergunta Yãmim.

O lustre no alto da nave do castelo balança assombrosamente. Algumas velas caem ao mesmo tempo em que as *Ash* apagam e deixam o lugar às escuras.

A poeira cai sobre os ombros dos heróis e o alarme é total.

— Está tudo desmoronando! — Gideão percebe o que está acontecendo. — Precisamos sair daqui!

Aquela enorme estrutura vai sendo demolida pedra por pedra.

O grupo corre desesperadamente para fora dali com receio de ser tragado pela montanha de entulhos que se formava.

O gigante Leordo é sepultado para sempre.

Com exceção da libélula que perseguira Totum, todas as demais estavam sobre seus poleiros finalmente os heróis tomam os seus assentos.

O forte Gideão seca uma lágrima da maçã do seu rosto.

— Amigos, obrigado pela oportunidade. Obrigado pelo apoio, muito obrigado.

Enquanto colocam seus óculos de voo e seus protetores auriculares, Toiug, sentindo dores na mão ferida e enfaixando-a com outro pedaço de pano lhes fala algumas palavras.

— A fé é um dom gratuito e isso nós sabemos. Mas existem níveis, estágios... dimensões maiores que a nossa fé precisa atingir. Nos tempos de hoje, a fé em Únitri foi trocada pela nova tecnologia, pela medicina moderna; a fé no Ser Supremo foi velada por palavras proféticas falsas e por falsos testemunhos. Nós olhamos mais para os homens que para Únitri.

Mãrãh concorda com um movimento de cabeça.

— Alguns não acreditarão no que vivemos aqui hoje, até mesmo porque não haverá mais vestígio algum. Mas no coração de tantos outros haverá a certeza da veracidade do poder de Únitri e do cumprimento de suas promessas. Digamos aos quatro ventos as boas-novas de Únitri, mas saibamos que o poder de convencimento não está em nós e sim no som de Únitri, no Espírito de Únitri.

Toiug ajeita suas correias e dá um leve *tapinha* no dorso de sua libélula.

— Vamos! Temos de sair daqui! E mais, tem gente em casa me esperando! Perdoem-me, eu só precisava desabafar.

— Tudo bem, caro Toiug — consola Teo. — Suas palavras vão servir muito pra mim. Mas você acabou de lembrar-me de algo terrível. Eu também tenho de voltar rápido!

As libélulas levantam voo e seguem caminho de volta para a vila Nin.

Sob eles, o Castelo de Leordo vai se tornando um monte de pedra, madeira e ferro.

O voo é suave. Calmo. Não dá pra ouvir os cânticos dos Hillawehs que parecem formiguinhas lá embaixo.

— Parece que a viagem de volta é mais rápida! — Teo comenta para si mesmo ao sobrevoar a iluminada floresta.

Onde está Totum?

Heraclides thoas brasiliensis

Nome do meu professor de Matemática.

— M̲e̲u̲ o̲m̲b̲r̲o̲ d̲ó̲i̲!

Totum acelera o mais rápido que pode, tentando despistar a libélula que o persegue.

— Sai do meu rastro, seu inseto infeliz!

A gigante tenta *abocanhar* a asa direita da máquina voadora do comandante Ruffian.

Ele desaparece nas nuvens, mas o instinto de caçadora da libélula o localiza fácil.

Quando Totum finalmente chega aos arredores de Anthos, a gigante golpeia o *flap* traseiro de sua nave.

— Sua desgraçada!

Os movimentos da manobras aéreas de Totum estavam limitados por causa do seu ombro ferido.

A nave começa a entrar em *parafuso* e despenca nos ares soltando uma fumaça preta do motor traseiro.

— Ah! Estou caindo!

Uma sirene toca e as luzes vermelhas da nave piscam como sinal de alerta.

Faltando poucos segundos para o impacto no chão, Totum opina por ejetar o seu assento e flutua preso em seu paraquedas.

Mas o perigo ainda continuava.

A libélula agora não buscava mais atingir a nave de Totum. A alada criatura avistou o frágil e inseguro inimigo que suavemente caía em direção à floresta.

— Não! Isso não!

Dava pra ouvir o *zumbido* das aceleradas asas da libélula ficando cada vez mais alto.

Totum olha para baixo na esperança de tocar as copas das árvores em segurança, antes que a libélula o alcançasse.

— Mais um pouco. Mais um pouco!

O zunido fica mais alto e, percebendo que faltavam somente alguns metros de distância para devorá-lo, Totum se solta de seu paraquedas e despenca no ar, caindo nas folhagens de uma enorme mangueira.

A libélula apanha o paraquedas de Totum e se lança para cima, devorando-o ferozmente, arrebentando cordas e tecido como se fosse de papel.

Um corpo Ruffian cai quebrando galhos e ramos da árvore até chegar ao solo quase sem vida.

Depois de minutos, Totum finalmente abre seus olhos e percebe o cenário ao seu redor.

Além da mangueira que amortecera a sua queda, com a luz da Lua ele vê gigantescas araucárias que saem do solo acidentado, onde lesmas e alguns repugnantes insetos se escondem por debaixo da densa neblina e do grosso e úmido tapete de folhas mortas.

Totum está no centro de Anthos!

— Preciso achar um lugar seguro.

No escuro da floresta, o forte comandante Ruffian rasteja para sair da vista de possíveis predadores noturnos.

O retorno triunfante

Ithomia drymo (fêmea)

Essa eu tirei de noite. Ela tava num vaso de planta lá em casa.

A CHEGADA AO HANGAR das libélulas era esperada por Akribes, Ícaro, Selena e Isabelle.

— Vejam! Estão chegando. — O guardião das libélulas avisa avistando o grupo em seu binóculo. — Ué! Mas falta alguém. Só vejo seis deles!

Selena se desespera:

— Será que Gideão não veio? Será que aconteceu alguma coisa com ele?

— Fique tranquila, Conselheira. — Akribes acalma a doce Selena. — Está tudo bem com o seu *marido*. Espere e verá.

As barulhentas libélulas entram pelo portão do hangar e pousam suavemente em suas plataformas.

Mãrãh é a primeira a saltar para fora da sela e pisar em terra firme. Yãmin vem logo após. Toiug é amparado por Ícaro que recebera ordem de Akribes para ajudá-lo a descer.

Isabelle corre em direção a Teo e o abraça.

O Enviado arregala os olhos e dá um sorriso sem graça antes de retribuir o gesto.

Baruch quase cai devido à correia de couro que enfaixou o pé direito. E Selena corre para os braços de Gideão e salta em seu colo.

— Meu amor! Quanto medo eu tive.

— Tudo bem, Selena. Únitri foi fiel mais uma vez. Você não iria acreditar no que aconteceu por lá. Pensamos que fôssemos morrer, a estátua era uma máquina, Leordo não era Leordo, o castelo desmoronou, mas aí...

— Calma, calma, meu querido! — Selena intervém. — Quando chegarmos em casa, você me conta tudo o que houve por lá. Estou ansiosa para ouvir.

Gideão respira fundo e acata.

— Está bem, minha querida. Desculpe-me, é verdade, deixa eu relaxar primeiro. — Gideão ajeita os cabelos de Selena. — E por falar em ansiosa para ouvir, o que você está para me contar desde que nós saímos daqui?

Selena perde as palavras. Então ela vagarosamente pega as mãos de Gideão e as coloca sobre o seu ventre.

Os olhares se cruzam e arregalam. Um sorriso toma a face de ambos.

— Preciso lhe dizer mais alguma coisa, senhor meu marido?

— É isso mesmo? Herança do céu? — Gideão coloca Selena no colo e a gira, chamando a atenção de todos os presentes.

— Calma, calma! Eu não posso, Gideão!

— Ah. É mesmo! Perdoe-me mais uma vez.

Gideão ri impulsivamente.

— Eu vou ser papai! Yam, eu vou ser papai!

— Meus parabéns, meu amigo! — Yãmin aperta a mão de seu amigo fiel.

— Que-que le-legal, Gi-gi*dedão*! Ma-mais um sold-da-do de Úni-nit-tri.

— Obrigado, Baruch! Mas... ué! Você não estava curado da *gagueira*, rapaz?

Baruch dá um tapa nas costas do valente oficial.

— Brincadeirinha, Gideão! Tô zombando de você!

– Ah, seu moleque!

Isabelle e Selena riem da engraçada cena.

– Vamos até o castelo para dar as boas-novas à Hyla e a todo o povo. – Akribes se põe no seu lugar de dirigente e se antecipa com Toiug à frente do grupo. – Venha, Toiug. Vamos primeiro levá-lo à enfermaria. Os demais podem prosseguir.

O sacerdote e Toiug entram por um corredor que dava para fora do prédio, em uma construção anexo. Ali dois soldados o aguardavam e um terceiro chegava com um cavalo. O mesmo que o trouxera de Anthos.

O veículo corre nos trilhos, levando os exaustos heróis até o castelo sobre as árvores para uma última parada antes de Teo ser conduzido de volta a Dendron.

Baruch olha para trás e vê a última libélula entrando no hangar. Em suas patas, pedaços de tecido e cordas; a recompensa do ataque a Totum.

Enquanto subiam pela pequena estrada de ferro, os olhares eram vazios, exaustos, porém felizes.

Teo volta pra casa

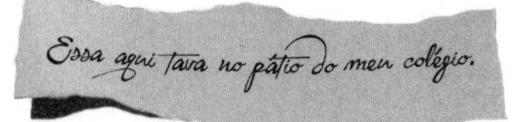

Myscellia Orsis

Essa aqui tava no pátio do meu colégio.

Hyla dormia quando os heróis chegaram e somente Isabelle, Teo e Akribes tiveram permissão para entrar.

– Vamos embora, a rainha está descansando – sugeriu Teo.

– Tudo bem – a voz fraca respondeu. – Eu estava esperando por vocês.

– Mamãe, serei breve. – Isabelle acaricia a testa de sua *criança*. – Tudo certo. A vitória foi nossa! Os Ruffians perderam o seu maior guerreiro. Mil de seus soldados, e acreditamos que até o seu líder, foram mortos. Os Ruffians remanescentes não irão durar muito.

– Graças a Únitri. Fiel Senhor dos exércitos. – Hyla mal podia falar. – Até aqui nos ajudou Únitri.

O delicado bebê começa a tossir.

Akribes olha para o médico responsável e percebe que é chegada a hora de Hyla.

– Vamos sair – ordena o sacerdote. – Temos de deixar o Enviado em Anthos, junto a Dendron.

Hyla fita Teo e acena num sinal de despedida. Teo guarda o choro sem se dar conta de que Hyla era sua *tia-avó*, e que jamais voltaria a vê-la.

A trombeta toca três vezes consecutivamente, chamando a população ao castelo nas árvores, à frente do portão principal.

Já era madrugada, mas não demorou muito para o local ficar lotado.

Na sacada dourada, os heróis se abraçam e comemoram. A população ovaciona percebendo que a notícia era boa e o final seria feliz.

Isabelle levanta ambos os braços pedindo que a multidão silenciasse.

— Caros amigos e irmãos Nins, eu venho nesta hora compartilhar meu sentimento com todos vocês. Sentimento de alívio e abundante alegria. — Isabelle segura na mão de Teo e a levanta. — Aqui está a promessa cumprida! Promessa de Únitri para com o seu povo. Ganhamos a batalha e não me resta dizer mais nada a não ser que estamos livres dos inimigos. Viva Nin!

A multidão ecoa a frase da Princesa.

— Louvado seja Únitri!

E todos repetem sem parar.

— Onde está Toiug? — Teo pergunta ao *pé do ouvido* de Yãmim.

— Não sei, meu querido. Acho que está na enfermaria. O corte em sua mão foi fundo, você sabe.

— Ah! é — Teo estica o pescoço e ajeita os óculos com o dedo imaginando vê-lo junto aos cidadãos.

— Agora eu gostaria que vocês fechassem os seus olhos comigo. — Isabelle curva a cabeça. — Vamos falar com Únitri.

Teo já se acostumara com a ideia e hábitos daquele povo fiel ao seu deus e também fechou seus olhos.

Então Isabelle orou, dizendo:

— O meu coração exulta no Senhor; o meu poder está exaltado no Senhor; a minha boca dilata-se contra os meus inimigos, porquanto me regozijo na tua salvação. Ninguém há Santo como Únitri; não há outro fora de ti; não há rocha como o nosso Deus. Os arcos dos fortes estão quebrados, e os fracos são cingidos de força. O Senhor é o que tira a vida e a dá; o Senhor empobrece e enriquece; abate e também exalta. Levanta do pó o pobre, do monturo eleva o necessitado, para fazê-los sentar entre os príncipes, para fazê-los herdar um trono de glória; porque de Únitri são as colunas da terra, sobre elas pôs Ele o mundo. Únitri, Tu guardarás os pés dos seus santos, porém os ímpios ficarão mudos nas trevas, porque o homem não prevalecerá pela força. Os que contendem com o Senhor serão quebrantados; desde os céus trovejará contra eles. O Senhor julgará as extremidades da terra; dará força ao seu rei e rainha, e exaltará o poder do seu ungido.

E então Isabelle termina a sua fala com a saudação Nin.

— Força e Paz!

A multidão enlouquece e responde da mesma forma.

— Vamos, meus amados. É chegada a hora de levar Teo até a árvore-mãe.

Ao descerem as rampas e escadas, duas carruagens os aguardavam.

— Vocês viram Toiug por aí?

— Não, Teo. Não o vimos — responde Baruch.

— Puxa vida, queria me despedir dele.

As viaturas oficiais saem em disparada e parte da multidão os acompanha cantando e soltando brados de vitória.

Ao lado de Teo, a sua bolsa e pertences. Ele olha para fora e percebe que em algumas horas aquele sonho acabaria. Ele voltaria a ser o menino frágil, zombado e desacreditado da sua escola.

— Fique tranquilo, Enviado. — Akribes parecia conhecer os pensamentos de Teo. — Leve essa experiência com você. Você foi corajoso e eu tenho certeza que a partir de agora o seu comportamento será diferente de antes. Você precisava dessa oportunidade em sua vida e a lição será proveitosa. Seja confiante!

— Obrigado, Akribes.

Teo estica o peito e respira fundo.

— A partir de agora, eu serei um novo Teo. Preparem-se, Belinha e Marcelão. Preparem-se!

Akribes sorri com um canto da boca.

— Responda-me uma coisa.

— Pois não, Teo.

— Pode me explicar como vocês consideram os mais velhos como novos e os novos como os mais velhos? Eu não entendo como a rainha é um bebê e você é tão pequeno e fala desse jeito e...

— Tá bom, tá bom, Teo. Enquanto não chegamos até Anthos vou tentar explicar de forma simples e objetiva o que ocorre conosco.

— Bem, não é uma questão de "considerar" e sim um processo chamado *Inversidade*.

— Sei, sei...

— Pois bem, quando um bebê Nin nasce...

Akribes passa todo o trajeto explicando a Teo a delicada e inacreditável inversidade.

Por mais que parecesse loucura, após vivenciar tantas coisas tão extraordinárias quanto a inversidade, tornou-se fácil para ele aceitar a explicação.

A caminhada não durou muito tempo. Em poucos minutos, todo o grupo já estava à frente de Dendron e sua enorme boca.

— Aqui está, nobre Teo.

Isabelle entrega a sua condecoração e gaiola com a preciosa *ãrôn*.

— Não temos como lhe agradecer.

— Não tem o que agradecer, senhora.

— Senhora?

— Sim, Princesa. Akribes me contou tudo.

Gideão e Yãmin colocam uma escada de madeira para facilitar a entrada de Teo em Dendron.

O vento entrava em sua boca, mas o barulho não os assustava mais.

Um a um, eles se põem em ordem para despedir-se de Teo.

– Prazer em conhecer, Teo.

– Todo meu, Mãrãh. Qualquer dia desses a gente se vê no outro lado.

– Aguardarei ansiosa.

– Força e Paz, jovem Enviado.

– Força e Paz, Baruch, meu atrapalhado escriba.

– Tome mais um presente. – Baruch retira de sua bolsa uma caneta de pena. – Esta é a pena que escrevemos nossos mapas, não haverá mais necessidade dela. Leve com você.

– Obrigado! Levarei com muito orgulho.

– Teo, meu valente amigo. Vem cá me dar um abraço! – Gideão envolve o pequeno herói em seus braços. – Também tenho um presente para você. Esse estilingue de prata foi o primeiro que eu ganhei assim que assumi a academia de guerra. Leve com você, eu sei que não o usará, mas o que vale é a lembrança.

– Não precisava, Gideão. Cuide-se hein! Espero que o bebê tenha a coragem e a sensibilidade que vocês têm.

– Assim será, Teo. Obrigada. – Selena dá as mãos a Gideão. – Vá com Deus.

– Pois bem, meu garoto. – Yãmim se aproxima. – Qualquer hora dessas venha tomar um chá conosco.

– Assim que voltar à casa de meus avós, eu apareço aqui. É claro que será mais tranquilo na próxima vez!

– Nem me diga! – responde Yãmim.

– Ai ai... – Baruch chora de soluçar. – Eu od-deio de-despp-pedid-das.

— Calma, rapaz! — Teo bate em suas costas. — Senão a gagueira volta, hein!

— Pois bem. — Isabelle se aproxima. — Agora é minha vez.

Teo enrubesce a face.

— Não tenho bens nem pertences para lhe dar, não tenho joias caras nem dinheiro. Mas para *que* isso tudo se eu não lhe der o meu carinho, a minha amizade? Esse é o meu bem mais precioso.

Teo emudece.

— Dou-lhe minha confiança – prossegue Isabelle. – Sempre terá uma cama para se deitar e um travesseiro para se recostar quando vier aqui. Sempre terá o nosso respeito e tudo o que for nosso será também seu. A partir de agora, você será da minha família, a família real Nin.

— Estou sem palavras, Princesa.

Akribes é o último a falar.

— Você trouxe esperança para nós. Mostrou-nos que vale a pena arriscar e que a cada dia podemos ser melhores. Você me fez ver que ainda tenho muito a aprender, não importa a idade. Seja cheio do Espírito de Únitri, meu amigo. Seja usado e ousado!

— Muito obrigado, Akribes. Eu é que agradeço pelo aprendizado.

—Tudo bem, meu caro. Agora vá, já já irá amanhecer.

Teo se adianta e põe-se a subir pela escada que ultrapassa as raízes de Dendron.

— Espere um momento! — Teo desce ligeiro a escada.

— O que houve, Teo? Algum problema? – Gideão olha ao redor.

— Nada disso Gideão, esqueci uma coisinha.

Teo abre sua bolsa e retira a sua câmara fotográfica.

— Preciso guardar esse momento.

Teo espera que sua câmara tenha mais um *suspiro* de energia. A carga da bateria tinha acabado na sala secreta do Castelo de Leordo.

O menino *sacode* e bate a máquina em suas mãos e ela se nega a ligar.

– Só um momento. – Teo abre o compartimento da bateria e a retira. – Como é que eu faço?

Ele olha desconcertado para os seus amigos. – Já sei!

Teo apanha um graveto seco no chão, prende a bateria na haste e aproxima a bateria da gaiola de sua maravilhosa borboleta.

A dourada bate vagarosamente as asas e, ao aproximar daquele estranho objeto, ela abruptamente lança um pequeno raio na bateria da câmara fotográfica, energizando-a novamente.

– Vamos ver.

Teo recoloca a bateria no compartimento e liga a máquina.

A lente se alonga.

– Sim! Ótimo!

Há mais um pouquinho de energia.

Ele cuidadosamente ativa o temporizador da câmara e a coloca sobre uma das raízes da gigantesca árvore.

– Venham, venham! Todos juntos. Olhem para ela, ok! Queria que Toiug estivesse aqui.

O grupo de amigos se reúne e intensamente abraçados se encantam com o piscar do *flash* do mágico aparelho fotográfico.

– Agora sim!

Teo sobe novamente a escada e se despede mais uma vez de seus mais novos amigos.

– Obrigado por tudo. Vocês moram no meu coração!

Chegando *ao* limite da enorme boca de Dendron, ele se vira pela última vez.

– Força e Paz!

O grupo foi uníssono.

— Força e Paz, Teo!

O que seria um grande ipê, agora não passa de um apertado tronco vazio.

Já começava a clarear no sítio de Guiot e Ayra.

A alguns passos da varanda dos fundos, Teo repousa a gaiola no chão e pega novamente sua câmera.

— *Gafanhotos me devorem*! Não acredito nisso.

A imagem guardada na *memória* da câmara era impressionante. Teo estava entre seus amigos, porém não dava para reconhecê-los tanto assim.

Selena e Gideão, um lindo e maduro casal.

Akribes, um ancião com cabelo e barba branca e *ar* rabugento.

Yãmin e Baruch, dois simpáticos senhores.

Mãrãh, uma esguia guerreira.

E Isabelle, com olhar sereno e leve sorriso, uma linda mulher de meia-idade.

Téo sorri já sentindo saudade daquele grupo de amigos.

— Até mais, meus queridos — o jovem aventureiro sussurra para si mesmo.

A chaleira apita. Ayra prepara o café.

— Hum! cheguei numa hora ótima.

Ayra leva um susto.

— Teo! Graças a Deus, meu filho!

A doce avó corre para o seu neto e o aperta, tateando braços e pernas para ver se ele estava inteiro.

— Calma, vovó. Eu tô bem.

Teo pendura sua bolsa na maçaneta da porta e põe a gaiola cuidadosamente sobre a mesa.

— Como é que foi lá... Quer dizer. — Ayra limpa a garganta. —

Onde você se meteu, seu moleque?

— Vovó, você não vai acreditar... Daqui a pouco eu conto.

Teo estica o pescoço e olha ao redor.

— Cadê todo mundo?

— Tina ainda está dormindo. Sua mãe está na sala cuidando de seu avô.

— Como assim "cuidando"? Aconteceu alguma coisa com ele?

Teo pula da cadeira em direção à sala, onde estavam sua mãe e Guiot.

— Theodoro, meu amor! Você está bem!

Helena não acredita no que seus olhos veem. Ela o abraça e chora vendo seu filho chegar bem em casa.

— Onde você estava, menino? Você nos deixou preocupados!

— Estou bem, mãe. Já falei!

Teo olha para o seu avô. Sobre o sofá algumas bandagens, algodão e material para *primeiros socorros*.

— O que houve com a sua mão, vovô?

Guiot olha para a sua mão esquerda.

— Nada não. Eu caí e acabei machucando minha mão numa pedra pontiaguda. Mas Heleninha está cuidando bem de mim.

Teo olha para o ferimento de seu avô semelhante ao corte que seu amigo Toiug tivera.

— Mas... — Teo desconfia de algo.

— Tudo bem com você? Você deve ter tido um dia e tanto ontem, hein? Procurei você em cada lugar... você nem vai acreditar.

Guiot pisca um olho e sorri de canto de boca.

Teo sabe a que aquele velho homem estava se referindo.

— Mãe, eu vou tomar banho. Tudo bem?

— Vá, meu filhinho. Eu pego roupa limpa pra você. — Helena se vira para o seu pai. — Pronto papai, agora você já pode se cuidar sozinho.

— Ah, que é isso, minha filha? *Tava* ótimo! Eu estava me sentindo criança de novo!

Teo olha para trás sabendo que seu avô o provocava.

— Força e Paz, vovô!

Guiot coloca sua mão direita no peito.

— Força e Paz, meu neto. Força e Paz!

Teo corre para o banheiro dando uma gostosa gargalhada.

— Eu sabia. Eu sabia!

— Sabia o que, menino? Que segredinho é esse com o seu avô? Por que vocês estão falando em *código*?

— Nada não, mãe. Nada não.

Nesse momento Tina grita do quarto.

— Pirralho? É você?

A irmã de Teo corre em direção a seu irmão que já se preparava para tomar banho.

— Meu maninho. Meu irmãozinho querido! Você tá bem?

— Ué. Cadê a Tina que eu conheço? — Teo zomba do comportamento de sua irmã.

— Para de palhaçada, moleque. Eu tava preocupada com você.

— Tô bem, eu tô bem... já falei. Agora sai daqui. Depois eu conto tudo.

E aí todos se reuniram para o café da manhã daquele domingo. Teo se lambuzava com a manteiga de amendoim no pão de canela e passas, enquanto falava de sua aventura no outro lado do ipê.

Os meus olhos brilhavam ao ver meu neto contar, com orgulho, de seus novos amigos Nins. De sua aventura, das cenas engraçadas ao lado de Baruch, do casal de amigos Gideão e Selena. De minha sobrinha Isabelle e do *ranzinza* do Akribes.

Espero que Teo aprenda a viver melhor com seus medos e inseguranças. Hoje ele amadureceu, eu tenho certeza. Porém, amanhã serão novos desafios, novos obstáculos a transpor. Ontem era o medo da velocidade. Amanhã o que será?

De uma coisa eu sei. Teo nunca terá medo da morte!

Se ele confia no que há por vir após *ela*, não há o que temer. Se Teo confia no que há pós-morte, *ceiando* com Únitri, Yavé, Jeová... Deus, enfim. O Deus que proveu o que o povo Nin necessitava e para nós, o Deus que nos sustenta e nos guiará com o seu *Espírito* até o retorno de Seu Filho, ah!... pra que ter medo?

O que houve em Nin só faz aumentar a minha fé. Deus cumpriu Sua promessa com aquele povo e há de cumprir conosco um dia, povo Além Árvore. Ou quem sabe, existam promessas a serem cumpridas com os dois povos juntos... Sei lá...

Medo de morrer?

Nada disso!

Eu sei para onde vou. Não importa se a cada ano que *faço* a contagem é regressiva. É sinal que estou mais perto de Únitri. A contagem pode ser regressiva, mas para o dia em que não haverá mais contagem alguma de dias!

As horas passaram rápido naquele dia.

Ainda posso sentir o cheiro do Teo ao me abraçar.

Voltei para baixo da garagem e guardei, definitivamente, o meu *Sepher-Qãdõsh*. Não é mais útil para mim.

Tranquei a portinhola do cubículo secreto e joguei a chave na floresta. Aquilo para mim agora é passado. Exceto Hyla, é claro.

Helena dá uma paradinha antes de pegar a estrada de volta. Ela coloca gasolina no carro, manda calibrar os pneus e aproveita para comprar o bolo húngaro que Teo prometera para Jaca.

Ela olha para os seus filhos.

Tina curtindo o som de seu *mp3* enquanto Theodoro, arrasado, dorme de boca aberta no banco de trás.

Helena sorri feliz.

Não é uma manhã qualquer

Ithomia agnosia

E essa aqui é de vidro.

Bip! Bip! Bip!!!...

O despertador toca com sua aguda e incômoda campainha digital.

— Acorda, Teo! Lava o rosto e vem tomar café! — diz a voz que vinha do andar de baixo.

Alguém bate à porta e chama.

— Levanta, maninho! Mamãe já falou!

Café com leite na mesa ainda quente. Pão francês com queijo amassado na frigideira e meia maçã. O desjejum preferido de Teo.

Tina sem maquiagem se prepara para encontrar-se com a sua amiga Bia. Elas conversaram ontem à noite, assim que chegaram em casa.

— Estamos a sós, enfim. — Teo se dirige a sua bicicleta.

Na garagem, munido de sua chave, ele se aproxima do que seria seu indomável *mustang* e o acaricia.

— Você é toda minha!

Delicadamente, Teo retira as rodinhas de sua velha bicicleta e as joga no lixo.

Depois de voar nas libélulas gigantes, com certeza Teo perdera o medo de velocidade.

— Muito bem, garoto!

— Olá, Débora! O que faz aí?

— Admirando você.

— Assim você me deixa sem graça.

Débora estava com os seus cabelos soltos e sem o aparelho dental.

— O que você fez?

— Como assim "o que eu fiz"?

— Você está mais... bem, diferente.

— A gente muda Teo. A gente muda.

Os dois amigos saem juntos a caminho da escola, e pela velocidade em que andavam, parece que não estavam com pressa de chegar.

Um grupo de adolescentes bloqueava a entrada do corredor principal. Léo é um deles.

Tina e Bia passam apertadas por eles e os olhares foram inevitáveis. Tina estava com um visual mais *clean*, leve. O que chamou a atenção de todos os meninos.

No intervalo, Belinha toca por trás nos ombros de Teo.

— Olá!

Teo estava contando parte de sua inacreditável aventura a Jaca, seu amigo.

— Oi, Belinha.

— Você não me mandou um *e-mail*. Pensei que você quisesse marcar alguma coisa...

— Ih! Não tive tempo. Realmente eu tive coisas importantíssimas para resolver.

— Ah, tá! — Belinha fica desconcertada. — Bem, quem sabe no próximo fim de semana.

— Ele já está ocupado. — Binha chega e segura na mão de Teo. — Não é mesmo, Teozinho?

— Teozinho? — Jaca quase engasga com o apelido recém-colocado.

Teo cutuca o seu amigo.

— Está bem. É assim que você prefere? — Belinha nunca tinha sido confrontada daquele jeito.

— Assim está melhor. — Binha beija a face de Teo. — Até a saída, tá bom, Teozinho?

— Tá bom, Débora. Tá bom.

A doce menina sai suspirando.

— Teozinho?

— Cala a boca, Jaca. Come esse bolo, vai!

Uma mensagem faz vibrar o telefone de Tina.

Ligue de volta após as 15h. Léo

— Amiga, me belisca.

Bia aperta o braço de Tina conforme ela pedira.

— Ai! Eu tô brincando!

— Ué, você pediu!

— Olha aqui. — Tina mostra a última mensagem recebida em seu celular. — Que tal?

—Ai, ai, ai! O que será que ele quer?

— Não faço a menor ideia.

As duas amigas dão as mãos e rodam. O inspetor apita e a ordem volta no intervalo do Centro Educacional São Silvestre.

Nin volta ao normal

Urbanus esmeraldus

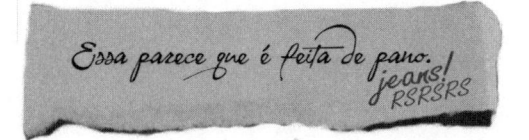

Essa parece que é feita de pano. jeans! RSRSRS

Os meses passam.

A cerimônia na Planície das Rochas que Choram já está no final.

Hyla parte e a entrega da coroa é feita a Isabelle.

Akribes, aquele frio sacerdote, chora ao ver sua amiga ser depositada junto a seu ex-marido, antigos reis e rainhas Nins.

— Uma pequena estátua de pedra, de uma grande rainha. — Selena deposita algumas flores junto a Hyla, enquanto Ed e seus Hillawehs tocam uma canção.

A barriga de Selena já está mais saliente, e Gideão aproveita para beijá-la.

Tudo está tranquilo e normal na vila Nin.

As crianças correndo e brincando, os homens trabalhando e as mulheres cuidando de seus afazeres.

Yãmim não tem muito trabalho a fazer. A paz reina em Nin.

Baruch resolveu trabalhar como escritor dos pergaminhos oficiais do reino.

Ícaro *quebrou o gelo* e topou dar uma lida no *Sepher-Qãdõsh*.

Mãrãh, bem... Ela atravessou Dendron e eu consegui um emprego para ela aqui na guarda municipal em Mauá.

Akribes continua rabugento como sempre, mas sua intimidade com Únitri aumentou.

Gideão foi promovido a Comandante da Guarda e mandou ampliar a casa para mais dois quartos. Um quarto para cada um do casal de gêmeos, é claro.

E Isabelle é a mais linda e justa rainha que Nin pode ter um dia.

O refúgio de Totum

Mechanitis polymnia

Eu acho que acabou... Por enquanto.

— Estou sedento! — Totum joga a sua face numa poça de água parada, sem o menor cuidado em tirar a folhas que boiavam e os minúsculos caramujos.

O comandante Ruffian rasteja mais alguns metros por uma trilha até recostar numa raiz de árvore.

Seu ombro está inchado e a ferida ainda está aberta. Mas aquele guerreiro é forte.

Um som estranho soa por aquele lugar.

— Que barulho é esse? — Totum sente um vento frio e o curioso som aumenta o volume.

— Parece um som de vozes!

Totum balança a cabeça.

— Eu não estou louco! Quem está aí? Saiam daí ou eu mato vocês!

Aquele grito ecoou entre as árvores de Anthos.

O grande soldado esconde-se embaixo da gigantesca raiz.

— Eu devo estar alucinando.

Sua respiração está ofegante e depois de mais um momento ele resolve sair de seu esconderijo.

O som continuava lá fora.

— De onde vem esse barulho estranho?

Totum se vira para seguir o caminho que aquele som fazia e a visão é aterradora.

À sua frente uma grande fenda, parecida com uma boca, em um gigantesco ipê.

E aquele hipnótico som, aquela enorme boca o convidava a entrar.

— Vou dormir ali esta noite. Acho que assim eu vou estar melhor protegido.

FIM

INFORMAÇÕES SOBRE NOSSAS PUBLICAÇÕES
E ÚLTIMOS LANÇAMENTOS

Cadastre-se no site:

www.editoraagape.com.br

e receba mensalmente nosso boletim eletrônico.

Impresso nas oficinas da
SERMOGRAF - ARTES GRÁFICAS E EDITORA LTDA.
Rua São Sebastião, 199 - Petrópolis - RJ
Tel.: (24)2237-3769